U0326515

◎『苏州文化丛书』向世人展示苏州文化的综合实力，用以提高苏州人的文化素养，提高人的素质，用以吸引与沟通五湖四海的朋友。

——陆文夫

◇苏州文化丛书

苏州传说

Suzhou Culture Series

Suzhou Legend

金煦◇著

苏州大学出版社
Soochow University Press

图书在版编目（CIP）数据

苏州传说 / 金煦著. -- 苏州：苏州大学出版社，2024. 6. --（苏州文化丛书）. -- ISBN 978-7-5672-4430-6

Ⅰ. I277.3

中国国家版本馆CIP数据核字第2024SM8611号

书　　名　苏州传说　SUZHOU CHUANSHUO
著　　者　金　煦
绘　　图　陆志明

责任编辑　欧阳雪芹
助理编辑　闫莹莹
装帧设计　唐伟明
篆　　刻　王莉鸥

出版发行　苏州大学出版社（Soochow University Press）
社　　址　苏州市十梓街 1 号　　邮编　215006
网　　址　http: //www. sudapress. com
邮　　箱　sdcbs@ suda. edu. cn
印　　装　苏州工业园区美柯乐制版印务有限责任公司
邮购热线　0512-67480030　销售热线　0512-67481020
网店地址　https: //szdxcbs. tmall. com（天猫旗舰店）

开　　本　890 mm × 1 240 mm　1/32　印张　7.875
字　　数　186 千
版　　次　2024 年 6 月第 1 版
印　　次　2024 年 6 月第 1 次印刷
书　　号　ISBN 978-7-5672-4430-6
定　　价　36.00 元

凡购本社图书发现印装错误，请与本社联系调换。服务热线：0512-67481020

总　序

无论是从中国还是从世界来看，苏州都可以称得上是一座杰出的城市。先天的自然禀赋，后天的人文创造，造就了这么一颗美丽耀眼的东方明珠。

得山川之灵秀，收天地之精华，苏州颇获大自然的厚爱与垂青。自然向历史积淀，历史向文化生成。作为一个悠久的文化承载之地，苏州积淀了丰厚的文化底蕴，两千五百多年的历史风烟在这里凝聚成无尽的文化层积。说起苏州，人们不能不想到其园林胜迹、古桥小巷，不能不谈及其诗文画卷、评弹曲艺，不能不提到其丝绸刺绣、工艺珍品，如此等等。从物的层面上去看，园林美景、丝绸工艺、路桥街巷这些文化活化石，映显了苏州人丰硕的文化创造成果，生动地展示了其千年的辉煌。翻开苏州这本大书，首先跃入眼帘的就是这些物化的文化结晶体。外地人触摸苏州，大约更多的是从这一层面上去接受。这是一个当然的视角。再从人的层面上去看，赫赫有名的苏州状元，风流倜傥的苏州才子，儒雅淳厚的苏州宰相，巧夺天工的苏州匠人……在中国文化史上亦称得上是一大文化奇观。特别是在明清时代，其耀眼的光芒照亮了东南大地的星空，总为人们所津津乐道。从人到物，由物及人，这些厚厚实实的文化存在，就是人们在凝视苏州时所注目的两大焦点。当展读苏州这本大书时，那些活泼泼的文化人物与活生生的文化创造物，就流光溢彩般地凸显在眼前。作为在中国文化史上具有重大影响力的苏州地域文化，其文化的丰厚性不仅在于其（自然）文化生态的意义上，也不仅在于其具有诸如苏州园林、苏州刺绣这种物化形态的文化产品上，更在于其文化创造主体的庞大与文化创造精神的活跃，在于其文化性格的早熟与文化心理的厚重。自古以来，苏州就是一个文化重镇，散发与辐射出浓厚的文化气息。这里产生过、活动过、寄寓过数不清的文化名人，从文人学者到书家画士，从能工巧匠到医坛圣手……这里学宫书院林立，藏书楼阁遍布，到处都呈现出生生不息的文化创造与永不停顿的文化传播。这种文化承传与延递，从未湮灭或消沉过。

接近一座城市，就像是打开一本包罗万象的书；感受她是一种享受，而要内在地理解她，则又需要拥有健全的心智。读解一座城市，既是容易的，又是困难的，特别是在读解像苏州这样一座文化古城时，其情形就更是如此了。正是为了帮助读者去充分阅读与深入理解苏州这一文化存在，于是便有了这一套“苏州文化丛书”。

感谢丛书的作者们，他们辛勤的劳动，为我们提供了一套内容丰富的文本。之中，经过他们的爬梳与整理，捧献出大量的阅读资料，并且从其自身的特定视角出发，阐释了其对于苏州文化的认识与理解。作为对苏州文化事实知之不多或知之不深的外地读者来说，这等于提供了一个让其接近苏州文化母本的间接文本；对于熟知苏州文化的读者特别是本地读者来说，则是提供了一个“奇文共欣赏，疑义相与析”而便于展开共同讨论的文本。这对于扩大苏州文化的影响，对于深化关于苏州文化内涵的理解，都是甚有益处的。

有一千个读者，就会有一千个哈姆雷特。对于每一个文本的理解，都是一个独特的视角，都是一种个性化的文化理解方式。就“苏州文化丛书”而言，重要的不在于希望读者都能同意与接受作者们对于苏州文化的这种阐释，而在于希望他们能够从这些读解中受到某种启发，从而生发出对于苏州文化进一层的深入认识。正像有人所说的那样，你从这些资料中读出一二三四五，而他人则可能从中看出六七八九十。重要的不在于从这种读解中所得出来的结论，而在于对这种读解过程的积极参与，体现出对当下苏州文化的热爱。如果能在这种不断往复的文化探询中，达到某种程度上的视界融合，并对苏州现代化的伟大实践产生积极的推动作用，那么，这就正切合编辑出版这套“苏州文化丛书”的初衷与主旨了。

读解苏州，这是一项颇有意义的文化工作，既有其文化学上的意义，又有其重要的现实功能。读解苏州文化，并不仅仅在于发思古之幽情，更在于要在历史文化与现实发展之间寻找到一个连接点。纵观历史，苏州有着丰厚的文化底蕴；审视现实，苏州正率先进行着宏大的中国式现代化建设之实践。在这一历史与现实的衔接中，大力加强文化开发和文化建设，无论怎样评价其对于推动当下中国式现代化建设的重要意义都不会过高。而读解苏州文化，理解本地域文化的自身特点，正是建设文化大市的一项基础性的工程。文化苏州，文化兴市。文化——这是苏州的底蕴、源泉、特色和优势所在。中国早期资本主义的最初萌芽，为什么会萌发于明清时期的苏州一带？享誉中外的乡镇工业的“苏南模式”，为什么会出自苏锡常这一苏南地区？新加坡政府在反复的比较论证后，为什么会选择苏州作为其合作建立工业园区的场址？名闻遐迩的“张家港精神”“昆山之路”，为什么能产生于苏州地域？在这里，人们可以寻找出许多别的什么理由，但有一点是共同的，那就是苏州有着非同寻常的文化沃土。读解苏州，就是读解苏州文化，不仅注目于其物质文化的层面，更是要从读“物”的层面进入读“人”的层面，读解其内在的文化精神，并在这种文化传承中实现文化的大发展，创立体现当代精神文明水平之“苏州文化模式”，从而推进苏州现代化建设之伟大进程。

书有其自身的命运；书比人长寿。“苏州文化丛书”首次出版时，是以二十世纪末的视角对苏州文化的一种读解，在某种程度上代表了我们这一代人对苏州文化的当下理解和集体记忆。她是一群文化研究工作者在世纪之交对苏州文化的整理和总结，当然也带有对二十一世纪苏州文化的展望与畅想。读解苏州，是读解一种文化存在，读解一种文化精神，而其“读解”之自身亦体现为一种文化创新活动。只要人们的文化创造活动没有停止，那么，这种读解工作就不会有止境。我们热切地期待着人们对她的热情关注、充分参与与积极回应。

值此“苏州文化丛书”修订出版之际，我们还要向丛书初版的组织者、主持者高福民先生和高敏女士，向支持与关怀丛书初版的梁保华先生和陆文夫先生，致以我们深深的敬意！他们所做的惠及后人的工作，为这套丛书打下了良好的基础，从而使这次进一步的修订完善成为可能。

陈长荣
（苏州大学出版社编审）
2024 年初夏

目录

contents

◎ 神话传说 ◎

◎ 风物传说 ◎

◎ 人物传说 ◎

◎ 民间工艺传说 ◎

◎ 民 俗 传 说 ◎

◎ 附 录 ◎

◎ 神话传说 ◎

神话是人类童年时期的产物。中国的神话传说故事很多，大体上分为：开天辟地神话，如盘古开天辟地，女娲补天；万物起源神话、自然变化神话，如对日月星辰、风雨雷电等自然现象的解释；图腾、动植物和人类祖先的神话，这和人类的起源有关；还有神和神性英雄神话，包括文化起源神话，则是当时人类社会生活的反映。

世界上每个国家、每个地区，都有自己的神话历史，相互间既有共同点，也有很大差异。苏州是著名的历史文化名城，在民间口头文学中，也流传着许多优美的神话传说。由于历史不断演进，神话传说在历史的演变中也不断发生变化，有的失传了，有的失去了本来的面目，有的在流传中添加了不同时代的色彩，呈现一种非常复杂的现象。现在我们还能搜集到的上古神话，真是凤毛麟角，弥足珍贵。

苏州传说 >>>

开天辟地神话

关于盘古开天辟地和女娲补天的神话，在中国是家喻户晓的。然而，在民间流传的过程中，各民族、各地区都有自己的创世纪神话，它们大大发展了原传说的内容，使之更加丰富多彩。

女娲补天

“盘古开天辟地辰光，一不小心，一斧头把一根天柱劈断，天塌下一角，天河的水直往下流，女娲炼了天罡石去补天。”这是我们通常知道的故事，而苏州太仓板桥乡有一位90岁的老好婆（吴语：老奶奶），讲的就和别人不一样。她说：“女娲补天炼的天罡石还不够，天上还留着一条缝，伊就把自家的身体也补上去。”于是，“伊着格（吴语：穿的）五色衣裳就化成了天上的五色云彩。伊哺育子女的两只奶奶，一只变成天上的日头，一只变成夜来的月亮。”这样，“人多晒晒日头，就可以长力气。人多望望月亮，就会变得聪明。如果没有日头和月亮，人就会和烂泥里的虫一样哉!”

日月就像母亲的乳汁一样，哺育着人类成长，这个比喻很恰当，也很优美。在这位老好婆转述的传说中，女娲为了地上的人能够生存，把她哺育子女的乳房变成日月，这种异想产生于上古神话，是原始人不自觉地把自然界加以形象化、人格化所形成的神奇幻想，这种幻想也符合母系社会的思维逻辑。女娲成为人人尊敬的女神，是因为上古神话把所有能征服自然、造福人类的英雄都奉为神灵，是原始社会的自然观和社会观的反映。这和后来利用人的愚昧来造神，完全是两回事。因此，这样的神话有比较可靠的来源，有较高的欣赏价值。

女娲补天

人类起源神话

我国东汉时期应劭撰写的《风俗通义》中，有这样一段记载："俗说天地开辟，未有人民。女娲抟黄土作人，剧务，力不暇供，乃引绳絙于泥中，举以为人。故富贵者，黄土人也；贫贱凡庸者，絙人也。"像这样的神话传说，苏州地区也有，吴江同里镇就流传着这样的传说。

人是泥做的

据说盘古开天劈地辰光，大地死气沉沉，伊发现大地上到处都有泥，又软又韧，办法就想出来哉。伊挖一团泥，搓呀搓，搓手搓脚，搓头搓身体，再拼成一块，喏，天底下第一个人搓出来哉。

盘古今朝搓，明朝搓，搓了东方搓西方，搓了南方搓北方；搓一块，散一块，散满四方。各方泥土的颜色不一样，故而各方人的皮肤也不同，有黄色，有白色，有棕色，也有黑色。从此就有了黄种人、白种人、黑种人。这样，大地上才有了生气。现在的人为啥身上总有污泥呢？因为人原本是泥搓出来的，你天天汏，哪能汏得净泥！

（选自《吴江民间故事集成》，有改动）

为什么应劭的原文说“女娲抟黄土作人”，而不是抟黑土、红土、白土呢？据考证，这个故事来源于黄河流域的黄土高原，黄河是中华儿女的文化摇篮，中国汉族的祖先是黄种人，所以中国汉族的神话首先来源于那里。为什么会想起用泥来做人呢？因为我们的先人已经从渔猎时代进化到农耕时代，他们看到万物都是从土地里长出来的，他们整天要和泥土打交道，一年四季在田地里滚爬，满身都是泥水和汗水，像泥人一样，用手搓一搓，就有泥巴掉下来，人就像是泥做成的。再说，他们看到各种爬行动物都是从泥里爬出爬进，草木杂粮都是泥里生出来的，既然如此，那么泥土里为什么不能生长人呢！那时的人过着穴居生活，还不能把自己和自然完全分开，根据自然现象联想到人是泥做的，这是完全可能的。何况，由于生产力的发展，人们越来越认识到人和土地关系密切，密切到了人依赖土地生存而不能分割的地步，因而对土地产生自然的崇拜。从出土的文物来看，那时的人已经能用泥土制作简单的陶器，其中也有陶制的人和畜的形象。所以，人是泥做的这种联想，是有物质基础的。关于用泥土造人的传说，不仅在中国远古时期有，在世界其他地方如古埃及、古巴比伦也有；很多种族，如古希腊人、印第安人也都有类似的神话传说。这说明世界上各族人民在远古时期的物质生活和生产方式，是大体相同的。对于《风俗通义》记载的这条传说的最后两句，学术界是很有争议的：用手捏出的人是富贵的人，用绳挥洒出的人是贫贱的人，这种观念不符合远古时期的社会实际，因为那时人们过着原始的集体生活，不可能产生贫富等级观念，显然这是后人加上去的。于是有人将这两句改为：前者是完整的人，后者是残疾人，其实也是画蛇添足，不如干脆删去。在吴江的传说中，出现了不同颜色的泥土，因而也出现不同的人种，看起来似乎很有道理，但这种变化我认为也是不符合实际的，因为那时交通并不发达，人的认识和他们的视野有很大的局限性，不同的有色人种身居世界各地，即使当时的神人如盘古、女娲，也很难把他们纠集在一起成为兄弟姐妹。女娲在传说中是一位创世的女神，她是史前时期母权制英雄的代表，《说文解字》载："娲，古之神圣女，化万物者也……"。神话是人创造的，只能反映当时的客观世界。女娲用黄土做人的传说是有其特定的地理和历史条件的，这类传说源于北方；而在吴越地区，他们的祖先"断发文身，以像龙子"，根据吴地的原始传说，人类是由鱼类或河里的其他爬行动物变成的。在北方的黄土高原，人们的想象和黄土是分不开的。为什么在他们的传说里造人者是女娲，而不是盘古？这是因为只有女娲造人，才能确切反映远古时期母权制氏族社会以女性为中心的生育情况和社会思维。尽管也有传说把盘古和女娲说成天公、天母（也有说伏羲和女娲兄妹结合才有了人类的），但这种传说必定晚于女娲造人说；吴江的传说演变为盘古造人，乃是父权时期的观念。凡此种种，都说明神话学是一门科学，就像茅盾先生在研究中国神话时所说的，研究神话有一个"还原"的过程，要搜剔中国神话的"原形"，即要辨伪存真，考证其变异、整理的过程，把一些后世加进去的东西剔除掉，才能看到原始神话的本来面目。

神性英雄神话

大禹在太湖治水

吴县（现吴中区）太湖西山岛上有一座禹王庙，过去香火很盛，太湖渔民每年集会祭祀禹王，形成盛大的庙会。太湖位于长江下游，是中国的五大淡水湖之一，周围河湖港汊密集，形成河网地区，传说这和几千年前大禹采用疏导的方法治水有关。太湖中有一座小山，叫“禹期山”，即因传说大禹治水时曾召集各地治水首领在这里议事而得名。西山有个“林屋洞”，传说是大禹获得神书《水经》的地方。在治水传说中，大禹还是一位降龙的英雄。

据说，大禹在太湖治水时，首先要战胜一种叫作“峬”的怪兽。“说它像龙不是龙，说它像蛇不是蛇，说它像蛟不是蛟”，它能上山，又能下水。究竟这是一个什么怪物呢？据说就是龙子。俗话说：“龙

大禹在太湖治水

生九子不成龙。”因为龙子经常要在外面闯祸，所以老百姓又把它叫作“孽龙”。这条孽龙经常在太湖里翻滚，兴风作浪，造成水患，大禹决心要制服它。当“嵎”在湖里翻腾时，大禹用一条长长的带子打了个结，向“嵎”的头上抛去，套住了它的头，又纵身一跳，跨上了它的背，双臂用力揿住它的头，把“嵎”揿到湖底。这时，附近的老百姓也都来帮忙了，他们抬了一只像山头一样大的铁锅，把“嵎”扣住，然后用沙石泥土堆上去，堆成一座山，终于把“嵎”制服。这座山，就是太湖中的平台山，大禹抛下的带子，就变成平台山西面的西沙带。

（此传说由原吴县袁震收集）

大禹治水，是远古时期人类征服自然的辉煌篇章。《山海经·海内经》中已有记载：“洪水滔天，鲧窃帝之息壤以堙洪水，不待帝命。帝令祝融杀鲧于羽郊。鲧复生禹。帝乃命禹卒布土以定九州。”“息壤”据说是由天帝掌握的一种生生不止的土壤，鲧为了使人民免于洪水之灾，竟敢背着天帝窃取息壤，以致招来杀身之祸。更奇怪的是，鲧死后三年尸体不烂，又从肚子里孕育出禹来。天帝只得命禹分布息壤，终于平定了九州水患。禹所以能治水成功，还由于他接受了父亲治水的经验教训，从单纯的“堙”（堵塞），改为“堙”和“疏”（疏导）并用，即所谓“因势利导”，这才取得治水的胜利。

鲧和禹治水的传说流传千古，最主要的是歌颂他们征服自然的大无畏精神。这里还出现了天帝这一统治者的形象，说明当时已出现了私有制。鲧敢于反抗统治者，而禹又能面对洪水天灾，父子二人前仆后继，百折不挠，终于战胜了自然灾害，人民便把他们颂为英雄，奉为神人。传说中有个细节，颇引起人们的重视，即鲧为什么能生出禹来？据研究，这种传说与母权制向父权制过渡时期所产生的“产翁制”有关。“产翁制”是原始社会氏族内部矛盾斗争的产物。在母权社会，女人能生小孩，是她们享受特权的主要原因。人是最主要的生产力，人的生产就是生产力的延续。但当男人在生产劳动中不断发明和使用新的工具，使生产力大大发展之后，他们在经济、政治、宗教等方面已逐渐取得统治地位，这时氏族意识由对女性生殖的膜拜，嬗变为对男性力量的崇尚，男人要把妇女的生育功劳也据为己有，以对子女取得“亲权”，于是“产翁制”便诞生了。这种制度表现为男人装产，从而剥夺了女人在家庭中原有的地位，使父权制更完整地得到社会的承认，“鲧复生禹”的传说就是这一时期的产物。这种解释和神话本身可能没有必然联系，但也能反映出一定时期神话的特征。

太湖流域关于大禹治水的传说也有它的特点。华夏民族对龙的崇拜无以复加，那是因为龙主水，北方多旱，要向龙神求雨。而南方多雨，经常有水灾，所以多归罪于孽龙捣乱。有人说太湖流域吴越先民的图腾不是龙，而是鸟。龙文化发源于黄河流域，主要是在仰韶—龙山文化分布密集的地方，被传播到南方的时间比较晚。大禹在江南治水降龙的传说，表明那时候的人已经不再是大自然的奴隶，而是已经拥有一定的征服大自然的能力了。这与龙文化传播到江南的时期比较一致，也许在此之前，吴越先民的图腾确实是鸟。

文化起源神话

苏州流传于丝织业的神话传说，属于文化起源中的蚕桑起源神话。苏州振亚丝织厂有一位老职工杨彦衡，他利用工作之便，经常和厂里的老工人在茶余酒后闲聊，收集了大量的丝织业传说故事，有一组蚕桑丝织故事，很像远古的神话传说。

蚕姑娘和牛大哥

据说，蚕姑娘和牛大哥原本是天上玉宫里的两个仙人。每天清早，蚕姑娘坐在云堆里，把彩霞和天地的灵气一起吸到肚子里去，吐出千丝万缕，再经过她灵巧的双手一番梳理，就成了一缕缕闪闪发光的五彩丝线。天上的织女仙子，就是用蚕姑娘做的丝线织成漂亮的绫罗绸缎，供玉帝和娘娘、仙女们四时做衣裳的。

牛大哥呢，生得胖胖壮壮，力大无比。照理，他在玉宫里的职司是耕种垦殖；但是神仙是不吃五谷的，因此，牛大哥没啥事好做，一天到晚，喝饱了用王母娘娘的蟠桃酿成的蜜酒，就躺在云堆里晒太阳，连走起路来也是慢吞吞的。所以人家给他起了个“懒牛哥”的绰号。

那时候，人间的百姓还不懂得耕种五谷和织布穿衣。蚕姑娘知道人间百姓勤勤俭俭，生活却这样艰苦，就想下凡去帮助百姓。她以人间多美酒为由，邀请牛大哥一同前往，并答应驮他下凡。于是——

蚕姑娘驮着牛大哥，驾起五彩祥云，直向人间飞去。一路上，牛大哥笨重的身体压得蚕姑娘喘不过气来。（直到现在，蚕的头上还留着四个黑点，据说那就是当初蚕姑娘被牛大哥踏出来的脚印。）到了人间，蚕姑娘摇身一变，变成了一条小虫，躲到树丛中不见了。牛大哥奔走了一天，肚子饿得吼叫起来，引来人群，将它擒住。从此，它就给人们开垦田地，种植五谷，懒毛病也治好了。

蚕姑娘和牛大哥私奔人间的事被玉帝知道了，玉帝大为震怒，命令雷公雨师大施威风，想迫害他们。所以直到现在，蚕不吃有雨露的桑叶；牛呢，最怕听雷响，也不敢对天望。如果牛躺下来双眼朝天，就是死期近了。

（1962年苏州振亚丝织厂老工人方如章口述）

蚕姑娘驮牛大哥

三姑娘养蚕

轩辕黄帝最喜爱的三姑娘，首先发现了来到人间的蚕姑娘。

那时候，轩辕黄帝已经发明了把桑树皮剥下来织成粗布的方法。有一天三姑娘走到桑树中间，忽觉树丛里银光闪闪，跑过去一看，啊！树叶上有一条手指粗的白虫，白胖胖的身体，头上长着几颗像黑芝麻一样的小点点，翘着一条小小的尾巴。三姑娘心细眼尖，还看见那白虫正张开小嘴巴，吐着一缕缕的银丝哩。

三姑娘回来之后做了一个梦，梦中看到那白虫已经把丝缕绕成一个银球，从里面走出一位身穿银衫、银裙的仙女，笑嘻嘻地招呼她说："姑娘！我叫蚕姑，是专司蚕桑之事的。"于是她就教三姑娘养蚕缫丝的办法。

三姑娘惊醒过来后，把发现白虫的事一五一十地向轩辕黄帝说了一遍。轩辕黄帝说："喔，这是天虫下凡，快把它接回去养起来吧！"后来，轩辕黄帝给这种白虫起了个名字，就叫"天虫"（蚕）。

到了第三年，蚕吐丝结茧，已经繁殖了满满的一针线匾了。那一年，在蚕结出来的许多茧子里，有三个鸡蛋那么大的茧子，一个是白色的，一个是橘黄色的，还有一个是蛋黄色的。有一天，三姑娘在房间里歇息，忽然听见一声巨响，三个大茧子里飞出三只大蚕蛾来，它们扑扇着翅膀，在三姑娘头上绕了三圈，然后"嘭……"飞出窗外，一会儿就无影无踪了。

三姑娘哭了三天三夜。后来，听说它们飞到南浔去繁殖后代了。直到今天，南浔的蚕丝特别好，据说就是这个道理。大蚕蛾从三姑娘身边飞走了，三姑娘并不灰心，她和两个姐姐约好，从第四年起，轮流养蚕，看谁养得好，她们还巴望以后再得到五色大茧子。每逢闰年，轮着三姑娘当年，她勤劳细心，饲养得特别认真。她用耳环上荡着的玉片切细桑叶，喂给蚕吃，不让蚕嗅到一点秽臭的气味。三姑娘养的蚕，个个雪白滚壮，吐丝多，结茧大。直到现在，逢到蚕上山结茧的季节，蚕农看到蚕花茂盛，常常高兴地说："今年养蚕，轮着三姑娘当年，所以蚕花旺，茧讯好！"他们认为这是三姑娘帮了大忙呢！

（1962年苏州振亚丝织厂老工人刘水金口述）

轩辕黄帝织绸缎

轩辕黄帝想方设法要织出好衣料来，看到聪明的三姑娘发明了养蚕缫丝，他想："这丝呀，真是好东西，看上去光灿灿的，摸上去滑溜溜的，拿这种东西来做衣裳，真是最好也没有了。"于是，他和宫里手艺最好的织司商量，要把蚕丝织成轻薄柔软的绸缎。

那蚕丝绝细绝细的，放到布机上去，筘一碰，经丝就断了不少。织司把断头接了又织，织了又接，一年半载过去了，可一寸绸也没织出来。织司日日夜夜蹲在机子旁想办法，弄得茶饭无心，精疲力尽，终于得了重病，死在机子旁。

天庭里的龙、虎、牛、马、羊、狗、猪、猴、鼠、鸡、兔、蛇12个兽神听说轩辕黄帝织绸碰到了困难，就商量着一道下凡去帮帮忙。他们一到黄帝的织机旁，那鸡神觉得有点累了，蹲在机前扒呀抓的，地面上给扒出了一个鸡坑坛；那猴神生就一双飞毛腿、活灵手，"啪啦”一跳，就跃到机子上，把那织机震动得摇摇晃晃、东摆西歪的。它不禁嘟起了嘴巴喊叫起来：“哎呀！这张破机子，怎么好织绸呀。”这一叫，提醒了牛神。他想，要是这机子能再牢一点，织起绸来不就四平八稳了吗？于是，他就钻到机子底下，摇身一变，变成四条机腿，那机子就像铁打钢浇一样，动都不动了。于是，羊神和兔神就理丝上机，正想开织，只见那蛇神伸长了头颈，高声喊叫：“慢来！你们看，这经丝互相粘连在一起，没分清爽，要是弄乱了，还织得好生活呀。”说罢纵身一跳，朝经丝当中一钻，变成了一根绞棒，把经丝隔开，分成上下两层，经丝好像琴弦一样，整整齐齐地排列在一起。这时，虎神又跳了起来说：“你们看，经丝还没有完全拉直，织出来的生活一定不会平整服帖。来，看我的！”说完，他就竖起虎尾，把机后的经丝一压，那经丝就顿时变得平挺异常。接着，其余的兽神都纷纷使出自己的解数，变成了一个个机件，把一张绸机弄得既扎实，又精致。这时，天快亮了，鸡神躲到鸡坑坛里，“喔喔喔”长鸣三声，命令兔神投梭开织。刚开了几梭，突然“啪啦”一响，吊筘的绳子断了。怎么办呢，猪神眼快，立即剥下自己身上的皮来，搓成细绳，用来吊筘，这样就怎么也拉不断了。于是，一梭梭丝绸很快就织出来了。现在老一辈的织绸工人都晓得老法拉花机上有12个部件，分别以12个生肖为名，这就是兽神的化身，什么“老鼠梁”啦，“龙杆竹”啦，“马背子”啦，“虎黄竹”啦，“蛇游螺”啦，“猪脚盘”啦，“提狗圈”啦，“兔脚绳”啦，“鸡坑坛”啦，“羊角心”啦，真好比一个小小的动物园呢！

织绸的机器虽然造好了，经丝断头这个难关还是没有完全解决。原来，竹筘上的木框，容易擦断经丝。轩辕黄帝和三姑娘一天到晚在机旁横看竖看，怎么也想不出个好办法来。一天早上，三姑娘坐在机旁梳头，她用篦箕在长长的头发上梳呀梳的，可乌黑的头发一根也没有断下来。轩辕黄帝站在旁边看得清楚，心里一亮，嗨，办法找到啦！他对三姑娘说："你看这竹子做的篦箕多光滑，所以头发不会梳断。要是在竹筘的上下前后各装两根滑溜溜的筘篾，经丝就一定不会断了。"三姑娘拍手称好，一试，果然灵，这样，柔软光滑的丝绸才真的织成功了。

（1962年苏州振亚丝织厂老工人刘水金口述）

苏州养蚕植桑由来已久。苏州丝织业信奉的祖师是轩辕黄帝。苏州吴中区东山有轩辕庙，在其他地方也有称为"机神庙"的，以前这里经常是机工和染工集聚的地方，每年都有定期的祭祀活动。苏州和杭州是全国丝织业最发达的地区，苏、嘉、湖一带遍地植桑养蚕。以前，苏州城里，特别是城东区，机房林立，"户户闻机声"。"郡城之东，皆习机业。织文曰缎，方空曰纱。工匠各有专能，匠有常主，计日受值……"（《古今图书集成・考工典・织工部》引《苏州府志》）。苏州的丝织品过去是贡品，今天仍在全国乃至世界享有盛名。丝绸业的基础即是蚕桑，关于蚕桑的神话传说，在江南农村广泛传播，如"马明皇菩萨""马头娘娘"等蚕神的传说家喻户晓，甚至成为蚕农的民间信仰习俗。丝织业的机房，一般聚集在城里。在苏州这样古老的文化城市里，至今还保留着一些有关蚕桑、丝织的"活化石"，上面介绍的一组传说，虽然经过历代传述者的加工，掺杂着不少非原始的内容，但是仍旧可以窥见先民对丝织起源的幻想，以及对最初发明者的追溯和崇拜。

蚕姑娘和牛大哥原本是天宫里的织女和牛郎的说法，很可能受到“牛郎织女传说”的影响，把蚕附会到织女身上，也合情合理。大自然是很神秘的，为什么会产生蚕？蚕为什么会吐丝？丝为什么会织成美丽的绸缎？这一切是值得人们探索的。当人们不能科学地理解这些自然现象时，便幻想有一种超自然的力量支配宇宙万物，这就是神。然而神的世界仍然是人构想出来的，是人世间的折射。原来，蚕姑娘和牛大哥在天宫里生活得并不自由，老想下凡到人间来，特别是故事里的蚕姑娘，哪怕在人间吃尽千辛万苦，她也心甘情愿。传说为他们的下凡作了合理的解释：因为他们看到人的生活太苦了，不懂得耕种五谷，织布穿衣，天冷了没有衣服穿，饿了没有东西吃，他们是到人间来帮助人们解除痛苦的。人们幻想天宫里的神仙都能着绸穿缎、丰衣足食，这种幻想所包括的内涵，恐怕已经超出原始思维了。这种神话，其原型所反映的社会现象，大约介于奴隶社会和封建社会之间，至少是有了丰富的物质生活基础和贫富观念之后。同时，它还表现了蚕姑娘和牛大哥对“玉帝”的反抗精神，以及人们对幸福生活的向往和善良的愿望。

最先发现蚕的是谁呢？这是谁也说不清楚的，在历史和传说中都没有明确的结论。古人造字为“天虫”，其本身就像是神话，第一个发明养蚕的，典籍上称为“先蚕”，是西陵氏。西陵氏是谁？“西陵氏之女嫘祖为帝元妃，始教民育蚕。”（宋·刘恕《通鉴外纪》）“淮南王《蚕经》云：‘西陵氏劝蚕稼，亲蚕始此。’”“蚕神，天驷也。”“黄帝元妃西陵氏始蚕。”（元·王祯《农书》）“轩辕妃嫘祖始育蚕缉麻，以兴机杼。”（《广博物志》卷三十八）看来典籍中一致认为，轩辕黄帝的元妃西陵氏嫘祖，是第一个开始养蚕的。顾希佳写过一本书：《东南蚕桑文化》，书中对此问题提出疑问，作者说，奇怪的是，迄今为止还没有发现较完整的关于嫘祖的神话故事。因此，他怀疑将嫘祖祀奉为蚕神，不一定是神话的原貌。而且，说她是黄帝的元妃，也"露出了后人安排的痕迹"，这是史学家把神话人物"历史化""家族化"的结果，是中国典籍中关于上古史的记载最常见的现象。嫘祖的"先蚕"地位在历史上并不稳固，经常为其他蚕神所代替。其实，找一个具体的最初养蚕的人是找不到的，任何一种生产技术和发明创造，绝非一朝一夕或靠某个人就能实现，如蚕桑的发现和缫丝、织绸技术的发明，都是劳动人民世代传承的生产技术的积累，是集体智慧的结晶。神话把无数无名英雄的事迹集中到某个神身上，并不奇怪。比如，在典籍记载的上古史里，我国的三皇五帝时代，特别是神话中的黄帝时代，就是一个创造发明的时代。中国五千年的文明史要从伏羲算起，伏羲被奉为三皇五帝之首，而当时正是父系氏族社会崛起、生产方式从狩猎发展到渔耕的时代，物质财富有了极大增长，创造力空前活跃。此后的神农氏、轩辕氏时代，继承了这种优良传统，不断发展人类文明，为中华文明史的开创作出了卓越贡献。从这里也可以看到，那时所有的发明创造，在传说和古史里都被归功于几个"开天辟地"的部族首领或帝王，而且将他们组成一个大的家族体系。历史就这样传下来，而且长期为后人所承认。那时候不可能留下文字记载，而神话就为人类文明史提供了极其丰富而有意义的宝贵篇章。从这个角度来看上面那些关于丝织来历的传说故事，是非常珍贵的。

《三姑娘养蚕》这则传说，提到三姑娘是轩辕黄帝三个女儿中最小的一个。她的形象代替了嫘祖，成为"先蚕"。民间确有把三姑娘作为"先蚕"加以信奉和崇拜的，在元代王祯的《农书》中，已经把她作为蚕神之一。明代朱静庵有《春蚕词》："桃花落尽日初长，陌上雨晴桑叶黄。拜罢三姑祭蚕室，渐笼温火暖蚕房。"不过，乡间祭祀的三姑往往是三个女神，称之为大姑、二姑、三姑，为三个姐妹。她们的神像是三个姑娘同骑在一匹马上，这可能是"马头娘娘"传说的变异。顾希佳同志进一步作过考证，认为三姑可能和民间信仰中的厕神"紫姑"有关。"今苏州有田三姑娘，嘉兴有灰七姑娘，皆紫姑类。"（清·俞正燮《癸巳存稿》卷十三）。总之，三姑娘养蚕的传说是有其来历的，其在神话传说的传承体系中，在折射上古社会面貌方面，都具有一定的可信程度。

《轩辕黄帝织绸缎》的故事给丝织行业的祖师崇拜作了注解。高尔基曾经说："在原始人的观念中，神并非一种抽象的概念，一种幻想的东西，而是一种用某种劳动工具武装着的十分现实的人物。神是某种手艺的能手，是人们的教师和同事。神是劳动成绩的艺术概括。"（林焕平《高尔基论文学》）这段话非常恰当地说明了行业祖师崇拜的来源。从养蚕缫丝到纺织成绸缎，其工艺系统的形成有一个漫长的历史过程，工艺过程本身也相当复杂。我国发明丝织工艺，根据考古发现的织品碎片推断，已有 4 000 多年的历史。黄帝时代是怎样织绸的已无从考证，这则神话故事，巧妙地把十二生肖引进复杂的织机里。诚然这些机件本是后世机工师傅们的智慧创造，加之于黄帝身上，就显得有些荒谬，因为黄帝时代绝不可能有如此复杂的织绸机。至于十二生肖，虽然早在春秋时代已初步确立，但是直到南北朝时始有属相之说。干支纪年始于东汉，这时才正式有了与之对应的用十二种动物作为符号的年的代号和生于此年之人的属相。可以肯定，十二生肖出现于黄帝时代之后。神话只能反映上古时代的现实，神话是原始人对自然界的一种不自觉的艺术加工，严格区别于后来人们自觉的艺术创造。由十二生肖与织机的故事，我们可以注意到在神话故事的历史长河中是会泥沙俱下、发生各种变异的，但这种变异必须符合特定历史阶段的实际情况，才能为人民所相信和接受。民间文学也是不同时代的文化沉淀物，它在传播中积淀着不同时代的文化因素。可见，对民间文学提出“慎重整理”是非常必要的，这是民间文学研究的科学性原则。

研究神话的科学称为“神话学”。神话不仅是民间口头文学的内容之一，还是历史的源头、文学的源头。神话学和民间文学研究的范围非常广泛。我国许多著名的历史学家和文学家，如鲁迅、茅盾、闻一多、顾颉刚等，在神话研究上都作出过卓越的贡献。当代神话研究者以袁珂为代表，做了许多工作，取得了很大成绩。近些年来，神话研究不断出现新的热潮，如浙江等地由于发现防风氏神话而一度使吴越地区的神话研究活跃起来。但是，正像袁珂先生所说的那样，必须“充分掌握住一个内容既丰富而又可靠的研究对象”，才能攀登理论研究的高峰。我们在普查采风的过程中所发现的苏州上古神话可谓凤毛麟角，而从考古发现来看，苏州的历史可以追溯到10 000年以前的新石器时代，但上古神话传说却很少源于吴越地区。即使有一些传说可以追溯到远古，例如一些风物传说、动物传说等，然而很少有开天辟地神话，即使有也多是从外地传过来的。之所以如此，我想一种原因是我们没有搜集到；另一种原因是在吴地的历史上，先民活动变迁很大，特别是经过一个很长时期的海浸阶段，海陆演变、沧海桑田、部落迁徙，很可能使上古文化发生断层现象。所以，苏州一带的文化历史，特别是在口头文学中，常从泰伯、仲雍南来说起，演绎了一场吴越春秋的故事。例如，下文中讲到的伍子胥造苏州城和干将炼剑等故事，虽带有一定的神话色彩，但都只能属于有神话色彩的历史传说了。

◎ 风物传说 ◎

苏州是一座历史文化名城，也是一座风景旅游城市，以“天堂”之称名闻天下，以人文景观取胜。苏州的一山一水、一草一木、一街一巷、一桥一塔，几乎都有一些传说，显示着苏州古老的文明和悠久的历史。所以口头文学的传布常以景点为中心，向四处散播。

把历史人物和事件，寄情于山川风物上；把广阔历史背景下的人文演义，提炼浓缩于名胜古迹或景点上；把真实的人物事件，经过艺术加工，使之符合生活的内在逻辑，并用生动的语言，附会在自然景观上，使之成为更有价值的人文景观。这是苏州风物传说的一大特点。

虎丘山的传说

虎丘坐落于苏州城西北，距城仅 3.5 千米，山高不过 36 米，周围约 700 米，称为“丘”，足见其并非高山峻岭。然而它历史悠久，风景绝幽，故能与“五岳”齐名。宋代诗人苏东坡有句名言：“到苏州而不游虎丘，乃憾事也。”历代文人歌咏虎丘的诗篇很多，民间流传的故事更是家喻户晓。

虎丘有“吴中第一名胜”之美称，山虽小，但名胜古迹甚多，明代编纂的方志上记载有 53 处。清代道光年间吴县（今苏州）人顾禄辑录的《桐桥倚棹录》一书记录了虎丘、山塘一带的山水、名胜、寺院、祠宇、古迹、工作、舟楫等，共 12 卷。通常说虎丘有 18 景：鸳鸯冢、断梁殿、塔影桥、憨憨泉、试剑石、枕头石、真娘墓、千人石、剑池、石观音殿、观音泉、白莲池、五十三参、冷香阁、仙人洞、致爽阁、双吊桶、云岩寺塔，其中有些景点今已不存。经过整修后的虎丘，据说目前有景点古迹共37处，再加上现在虎丘年年搞庙会、花会，更是热闹非凡、美不胜收。到了虎丘，几乎每个景点都有传说故事，现根据我们已经搜集到的列表统计如下。

虎丘风物传说一览表

编号	风　物	传说篇名	内容提要	所述时代
1	头山门（对门照墙上有“海涌流辉”四个大字）；二山门（前有桥名“海涌桥”）	《海涌山》和《虎丘名称由来》	苏州过去是一片汪洋大海，虎丘是最早从海里露出的一座小山，故名“海涌山”，又称“海涌峰”。或说因山形似虎而得名	史前
2	二山门（即“断梁殿”）	《千年不倒断梁殿》	歌颂苏州能工巧匠不畏强暴，智做千年不倒断梁殿	元代
3	憨憨泉（古井一口，井旁有宋人吕升卿题字：“憨憨泉”）	《憨憨泉》	宋代古井，传说可通大海，又称“海涌泉”。故事述说一名叫憨憨的盲和尚日夜挑水上山，十分辛苦，后掘地出泉水，并治愈双目	宋代
4	试剑石（山腰路旁大青石，一截为二，如受刀劈）	《试剑石》	干将炼剑的故事	春秋战国
5	石桃（石形如桃，立于路旁。上有篆体“石桃”二字）	《石桃》	孙悟空盗王母仙桃飞过上空，陶醉于虎丘之美，手舞足蹈，仙桃落地	唐代

续表

编号	风　物	传说篇名	内容提要	所述时代
6	枕头石（路旁一大石，可卧，其形如枕）	《枕头石》	唐伯虎游山卧石而眠，并和祝枝山投石卜妻生子的故事	明代
7	真娘墓（其地有一碑亭，为唐代胡姓艺妓墓）	《真娘》	真娘本为良家女，擅歌舞，被骗入妓院，不愿受辱而投缳自尽	唐代
8	千人石（山顶上之大盘石，形如削刻而成）	《千人石》	传山下为吴王阖闾墓，墓成时，将匠人杀害、殉葬，匠人肉搏而死，血染其地，至今石犹赤紫色	春秋战国
9	点头石（位于白莲池内。有题刻曰“觉石”）	《点头石》	梁代名僧竺道生讲经的故事。吴谚：“生公说法，顽石点头”，典即出于此	五代
10	二仙亭（千人石旁一石亭，额题“二仙亭”，有楹联）	《二仙亭》	二仙下棋故事，取“山中方七日，世上已千年”说 亭柱楹联：“梦中说梦原非梦，元里求元便是元”。传说赵匡胤晚年，曾梦夕阳下山，醒后命人详梦，诸官均不敢言，唯一官婉言曰：“公子即将继位”	宋代

续表

编号	风 物	传说篇名	内容提要	所述时代
11	剑池（虎丘塔下，千人石内侧，有池如剑，池外刻有“虎丘剑池”四个大字）	《剑池》	秦始皇欲掘阖闾墓，见有白额虎踞其顶，一剑劈下，即成剑池。吴谚有“真剑池，假虎丘”之说。传说四个大字中，“剑池”二字是颜鲁公（真卿）真迹，“虎丘”二字则为唐伯虎所补	秦代至明代
12	双吊桶（剑池上方高处有一桥，桥上有二井眼，下可见剑池水）	《对照镜》	传说为西施照镜梳妆之处	春秋战国
13	虎丘塔（即云岩寺塔）	《虎丘塔为什么是斜的?》《梦拖虎丘塔》	传说此塔系从天外飞来 苏州人防塔坍毁，一夜间均在梦中拖塔，次日皆觉腰酸腿疼	近代
14	云岩寺（寺庙殿堂早已毁于火）	《云岩寺里藏虎丘》	一般名胜均是山中有寺，虎丘则是寺中有山。传说颜真卿假意和庙中方丈赌输赢，方丈怕输掉虎丘，因此以寺圈山	唐代
15	孙武亭（位于东面山坡上）	《孙武亭》	据《史记》所载，孙武练女兵，吴王二美姬不听将令被斩，附会于此	春秋战国

续表

编号	风　物	传说篇名	内容提要	所述时代
16	第三泉（铁华岩，传说内有石室，为吴王囚勾践处）	《天下第三泉》	唐代诗人陆羽曾隐居于此，号称“茶仙”，品尝此水，定为天下第三泉，又称“陆羽井”。或说孙悟空盗天庭之美酒，掷瓶于此地，化甘泉	唐代
17	仙人洞（山东侧之石洞）	《仙人洞》	传说可通四川，有二人各从一端洞口入，中途相遇，洞中只容一人，互不相让，化为石人，从此洞塞 又传说为勾践养马处	未确指 春秋战国
18	玉兰山房（在后山，为赖债庙遗址，旧为牛马王庙）	《赖债庙》	虎丘后山原有牛马王庙，又称“磨王庙”，欠债人除夕夜多在此躲债，讨债人前来逼债，便群起而攻之。吴中旧俗大年夜不许讨债，源于此传说	清代
19	致爽阁（位于山顶西侧，有平台供远眺，可望见狮子山）	《狮子回头望虎丘》	古时有怪狮过空中，有人施法，以虎球戏狮，皆坠地不起，变成狮子山和虎丘山	远古
20	望苏台（位于山顶东，可远眺苏州城）	《讲媳妇》	春节时，苏州老妇常集中于此，述说与儿媳相处种种恩怨，日久成俗	当为近代

以上所录传说均见《苏州的传说》《苏州民间故事》等书。

海 涌 山

虎丘最早的名称是“海涌山”，从这个名称可以推测，现在的长江三角洲原来是一片汪洋大海。《海涌山》中说，虎丘原来是海水冲积而成的一座小丘，如今虎丘山上壮观的大盘石，就是大海冲积而成的沉积岩。

传说很久很久以前，苏州原来是一片汪洋大海，不知经过多少万万年，天地演化，海陆变迁，大海冲积的泥沙越积越厚，地壳喷射的岩浆越积越高，积年累月，终于凝固成一座美丽的小山丘，露出海面。因为是海里涌出来的山丘，所以人们就叫它“海涌山”。

“海涌山”，就是苏州有名的虎丘山。

这则传说符合大自然水陆变迁、沧海桑田的变化规律，对研究地理、历史也有参考价值。据考古学家考证，苏州地区曾经是一片广阔的海湾，距今10 000年以前开始出现陆地，并有人类活动。但到距今9 000—7 500年，即全新世早期时，气候一度变暖，冰川消融，海面上升，陆地发生海浸，人类被迫迁徙他去。距今7 500年后，海面开始下降，地理条件优越的苏、嘉、湖地区又首先变为陆地，成为先民开发定居、繁衍生息的地方。以后又经过多次海浸，具体时间、年代无从查考，但海涌山及其传说是这种沧海桑田历史的一个可贵的遗迹。至今虎丘山上的“海涌桥”“海涌峰”“望海楼”等名胜和正山门隔河对面照墙上所题有“海涌流辉”四个大字，都传达着上述历史信息。

虎丘名称由来

关于虎丘的名称、来历有许多说法。“虎丘”一名，始于春秋时代。吴王夫差葬其父阖闾于此地，据《吴地记》载：“经三日，金精化为白虎，蹲其上，因号虎丘。”唐初因避唐太祖李虎之讳，曾改名“武丘”。但在普通百姓的眼里，只凭一种直觉，认为这座山丘的形状似虎，前伏后踞，因此就根据自己的想象加以发挥，把这座山“点”活了。

苏州的虎丘山是一只大老虎变的。

这只老虎前身伏，后身立，尾巴翘，模样可凶啦！

正山门前有两口井，原来是老虎的眼睛。

正山门口那个大踏渡，就是老虎的嘴巴。

二山门的“断梁殿”，是老虎的咽喉。

山的最高处，是老虎的屁股。

云岩寺古塔就是老虎翘起的尾巴。

这只大老虎再凶，人也有办法对付它。聪明的匠人师傅故意造个“断梁殿”，算是戳破老虎的喉咙，叫它永远不能伤人。

（袁震 1963 年采录于虎丘）

这则传说的采录者袁震同志，是土生土长的虎丘人。从 20 世纪

60 年代起，因工作需要，他经常跋涉于太湖地区乡间，和农民闲聊，记录了大量民间文学资料。从上述传说可以看到，用生动的语言、风趣的比喻，非常朴实简练地把内容传述下来，笔录之后能使人时常阅览，这正是民间文学作品的特色。

狮子回头望虎丘

“狮子回头望虎丘”是苏州的一句古老的谚语，也是苏州有名的一个景观，它形容的是苏州郊外遥遥相望的狮子山和虎丘山。1961 年 9 月，我们在苏州社会福利院采风时，从老人吴廷余口中记录了一段传说。

苏州的狮子山是从关外飞来的一个狮子变的。据说它能大能小，从关外一路飞到苏州，飞着飞着它就往下一落，一路上被它压坍了不少村镇，压死的人也无其数。这事让杭州灵隐寺的济公和尚知道了。济公头上有三道光，他只要一按灵光，就能算出某地要出事了。当狮子飞近苏州地界了，他忙从杭州赶到苏州来，到了一个村上，劝告村民快快逃命，有的人舍不得离开，狮子飞过来，落下来变作一座山，他们就被压死在山底下了。为了不让狮子再飞起来害人，济公就运用佛法，运来了虎丘。虎丘在凡人看起来只是一个土山，但在狮子眼里，是一颗明珠。从此它就不再害人了。所以苏州有句俗语，叫作：“狮子回头望虎丘。”

（见《民间文学记录稿初编》第 2 集，有改动）

后来发表的传说《狮子回头望虎丘》，和这个记录稿有很大差别，它是经过较大的整理、加工，并综合了其他类似的传说，加以改写的。

据说很久很久以前，还是在开天辟地的辰光，各种奇形怪状的野兽可多咧！有一次，海涌山上空出现了一只怪兽，它的形状像狮子，嘴巴尖尖却像蝙蝠，身上长着肉翅膀，夜里到处乱飞，飞到哪里，哪里的人畜就遭殃。

这样的怪兽太叫人害怕了。它飞来的时候，人们无处逃避，跪在地上哭天拜地，发出凄惨的嚎叫，可是还免不了被它吃掉，谁也无法消除这个灾难。

有一个人名叫阿虎，个子生得又高又大，而且又勇敢又聪明，是征服各种禽兽的能手。他决心要征服这个怪兽。他忽然想出一个办法，让自己的伙伴照着老虎的吼声造了“鼓”，照着豹子的叫声造了“锣”，照着狼的嚎声造了“笳”，照着凤凰的鸣声造了“箫”。这几样东西一齐吹奏敲打起来，就像百兽喧叫，声震天地！

一切都准备好了，当怪兽飞来的那天夜里，他站在山巅，率领大家敲起锣、鼓，吹起箫、笳，高举火把在山上山下来回舞动。老远望上去，海涌山好像一只飞舞滚动的大绣球；近看又像一只毛色斑斓的猛虎在翻腾吼叫。

随着一阵恶风，怪兽张牙舞爪，睁着一双闪着绿光的大眼睛，拍着一双肉翅膀飞来了。它望见火光，听见“百兽”吼叫，直朝着这只飞滚的“大绣球”猛扑过来。这时火把忽然全部熄灭，乐声全部停止，变得鸦雀无声。

怪兽失去了扑捉的目标，身不由己地一头扎倒在海涌山的西南方，四脚跌断，身陷泥地。原来这个怪兽只能在天上发威，一落地再也爬不起来了。

传说那头怪兽很不服气，所以回过头来，用怒目瞪视着置它于死地的虎球。后来，这怪物变成了一座山，叫狮子山。从此在苏州留下了一景："狮子回头望虎丘"。

对比原始形态的传说，这个加工过的稿本有如下不同：

其一，把时间、地点都定在远古时期。当时我们搜集到许多民间传说资料，其中都有人和野兽搏斗的传说，都是在远古时期。比如，《年的传说》，说"年"是一只怪兽，到时候就要出来吃人，后来人在山洞口抹上兽血，点了火把，敲出音响，才把"年"吓跑，从此不敢再来吃人，人们互相庆幸过了"年关"，此后，就形成了过年的习俗。另一则传说《闹元宵》，也是说人用各种响器把野兽吓跑了。我认为这些材料可以借鉴。

其二，说济公施法术除掉了会飞的狮子，这使故事变得荒诞离奇。狮子山和虎丘山的名称由来已久，说它们是狮子、老虎变成的，也早有流传，绝非源于济公出现的时代。

其三，改编者要向群众灌输"反天命"的思想，这样符合历史唯物主义，有更深刻的内涵和哲理性。

其四，改编者认为原记录稿不太完整，情节太单薄，采取"移花接木"的方法，可以使作品更完整，更好看。

后来，在民间文学研究领域，对这类改写的作品争论很大，认为它违背了民间文学的整理原则，甚至有人提出要“一字不动”，忠于原始记录。我认为问题的关键在于，在掌握一定的民间文学资料的基础上，能不能进行改写。我觉得改写的民间故事和个人创作构思的作品，或者是胡编乱造的作品，还是有区别的，它的性质仍植根于民间文学，它的样式也没有离开民间文学。自古以来，中外民间文学作品中，也大量存在这种现象，其中也有能流传千古的作品。问题在于是否是在占有充实的第一手资料的基础上进行改写，这种改写，是否还属于“整理”的范畴。记录稿，必须做到忠实记录，甚至“一字不动”，这样才有科研价值。如果整理稿也能做到虽“一字不动”，而仍是一篇完整的好作品，那当然是最好不过的，因为那是有很高口述水平的故事家的杰作。至于改编，无疑属于再创作，改编后的故事，不能作为民间文学研究的第一手资料。

由于虎丘得名于吴越春秋时期，因此，这里的景点多附会着吴越春秋的传说。到了虎丘，拾级而上，一路都有吴越春秋的故事响于耳畔，增加了虎丘的历史深邃感。

干将炼剑

春秋辰光，吴王阖闾一心想争霸天下。他召集了许多匠人来替他造剑，有个须发斑白的老匠人对吴王说：“大王您要造天下独一无二的宝剑，只有请干将来造。他同越国造剑名师欧冶子同出一师。”吴王立即派人四处去查访干将的下落，果然找到了干将。吴王对干将说：“我已命人选好了三百个童男童女，只等良辰吉日，就可以祭炉

试剑石

炼剑。”干将看见那三百个童男童女和他们的父母在一旁号啕痛哭，很不忍心。他对吴王说：“大王命我铸剑，我一定如期献上，用不到童男童女祭炉。”吴王有点放心不下，便限期百日，叫干将交出宝剑。到时候交不出宝剑，还是要拿这三百个童男童女祭炉。

干将跑了五座大山，选了最上等的矿石，准备了金、银、铜、铁、锡各种原料，呼唤三百个童男童女加料、鼓风。没有多久，果然铸造了一柄举世无双、寒光闪闪的宝剑。

按理说，宝剑铸成，干将应该高兴，哪晓得他反而愁得头发也白了。为啥呢？因为干将知道，吴王阖闾是个专横的君王，他得到这把举世无双的宝剑，怕造剑的人再去给别人铸剑，一定要将造剑人杀害。所以，干将便把铸好的剑先藏起来。当吴王派人来催问的辰光，他就提出：除非叫他妻子莫邪来帮助铸剑，不然无法按期完成。吴王为了早日能得到宝剑，也只好答应了。

莫邪来到以后，干将便将满腹心事讲给妻子听了。莫邪知道干将难免一死，便要和丈夫一起投炉寻死。干将说：“慢来，慢来，我们来想个法子。”后来，他把铸好的宝剑拿出来，取名“干将”，交给莫邪偷偷带回家门，嘱咐她好好抚养子女，将来替他报仇。他自己决定再铸一把宝剑，取名“莫邪”，献给吴王。这一对“干将”“莫邪”宝剑，就是后来名闻天下的“雌雄剑”。苏州城里的干将坊，传说就是当年干将炼剑的地方。

限期到了。这一天，吴王正在海涌山上阅兵，干将前来献剑。只见干将铸造的宝剑光芒耀眼，锋利无比，胜过欧冶子炼的“鱼肠”“湛卢”宝剑。吴王见了心里十分高兴，就手起剑落，把面前的一块大青石削作两爿。吴王连连夸奖道：“好剑！好剑！”干将要求吴王立即释放三百个童男童女，吴王也只好答应了。这些童男童女总算保全了性命，百姓个个对干将感恩不尽。现在人们还可以在苏州虎丘山上看见半山腰一块被剑劈成两爿的“试剑石”，说明2 500年之前我国就可以造出如此锋利的钢剑了。

（口述者：陶银根，虎丘风景讲解员；1963年采录于虎丘山）

按：干将，春秋时著名冶匠。《吴越春秋》卷四载：“干将者，吴人也，与欧冶子同师，俱能为剑。越前来，献三枚，阖闾得而宝之。以故使剑匠作为二枚，一曰干将，二曰莫耶。莫耶，干将之妻也。”上述口头传说与这段记载基本符合，但显然多了不少敷衍出来的情节。这种敷衍，也就是历代说故事人所做的“整理”和“改写”。

孙 武 亭

虎丘山上有个亭子，名为“孙武亭”。春秋战国时，吴王阖间为了使自己的国家强大起来，重金厚礼聘请天下贤士。孙武决心为吴国效力，向吴王献出了兵法十三篇。吴王阖间读后赞不绝口，知道孙武有雄才大略，便向孙武求教：“请问孙武子，吴国国弱兵少，用什么办法能够战胜强大的楚国呢？”

孙武说：“兵不在多，只要纪律严明，便可以一当百。”

吴王阖间想试试孙武的本领，命手下选了三百名宫娥充当女兵，并让自己最宠爱的两个妃子做队长，交给孙武操练，选择吉日阅兵。

孙武一口答应，但有言在先：“操练时必须军容整齐，号令森严，赏罚分明。立一人为执法官，如果有人违犯军令，不管是谁，都要依法惩处！”

吴王对孙武提出的要求点头称是。

从此，孙武每日在海涌山上操练女兵。

这一日，当曙光初照海涌山巅的时候，吴王亲来阅兵。绿树丛中的一片广场上，旌旗飞舞，鼓乐齐鸣，只见手执刀枪斧戟的力士分列两旁，军容雄壮。女兵们一个个身披甲胄，头戴虎鍪，右手操剑，左手握盾。吴王的两个宠妃，顶盔束甲，手执黄旗，率领两队女兵，随鼓进退，左右回旋，寸步不乱。演兵场上色彩缤纷，分外好看。

吴王阖闾站在高处阅兵，看得得意扬扬，竟随着鼓乐声手舞足蹈起来，引得正在操练的两个宠妃掩口失笑。

这一笑不打紧，只见孙武把令字旗一扬，鼓乐哑声，操练停息。

吴王忙问：“发生了什么事？”

孙武立即申明，在操练时不准嬉笑，否则便是违犯军令。并说明初犯军令，是因为自己约束不明，如果重犯，定要严处。

令旗一挥，继续鸣鼓练兵。练到好处，吴王又手舞足蹈起来，两个宠妃又笑出了声。

孙武怒气冲冲，挽起了双袖，亲自上前击鼓。他再申军令，说明如果有人再犯军令，定要执法如山，决不轻饶！

阅兵又重新开始了。

吴王的两个宠妃，平时受到宠爱，在吴王面前惯于卖弄风骚，不把别人看在眼里，认为孙武也不敢拿她们怎样。她们想在吴王面前杀杀孙武的威风，听到孙武又申军令，反而觉得好笑，在练到紧要关头时，竟又嬉笑起来。

这时，孙武喝令操练停止。只见他双目圆睁，怒发冲冠，大喝一声："执法官何在？"

执法官马上跪前报到。孙武威严地说："约束不严，申令不明，是我的过错，既然申明再三，仍有人不听将令，该当何罪？"

执法官斩钉截铁地说："当斩！"

孙武一声令下，立即有几个力士上前将两名女队长绑缚起来，要斩首示众。

这时吴王阖闾慌了手脚，连忙制止，让人传话，说："大王已经领教将军用兵严明，这两名女队长，是大王贴心之人，将她们赦免了吧。"

孙武断然说："约法在先，不得失言，初犯可饶，重犯难容，明知故犯，军纪如山！"

吴王制止不成，恼羞成怒，威胁地说："我待你有如上宾，而你连君臣之礼也忘了，如果你定要将二姬斩首，我就先斩了你！"

孙武毫无惧色，厉声说道："兵在疆场，先听将令！速斩二姬，枭首军前，收营之后，才能受君臣之礼！"

孙武说罢，立即下令，将吴王的两个宠妃斩首。

由于孙武执法严明，吴王的军队整齐严肃，威名远震，连女兵也一样，个个英勇善战。吴国有了这样一支强大的军事力量，吴王也不得不对孙武敬畏三分了。孙武子斩美姬这一段传说也流传至今。

按：这段故事几乎是《吴越春秋·阖闾内传》相应记载的翻版，可以视为民间口头文学中的"历史演义"。

千人石

虎丘山上有一块大磐石，叫千人石。为啥叫千人石？这里有一段和吴王阖闾造坟有关的故事。

吴王阖闾死后要落葬，造坟的事是吴王夫差和心腹伯嚭商量定下来的。他们找了一千名工匠，在虎丘山上造坟。这些工匠整整做了三年，阖闾的坟才算完工。

坟造好的头天夜晚，有只木船泊到虎丘的一座桥下。船上有两个人，一个是夫差，另一个就是伯嚭。他们正在商量一条杀人灭口的计策。这座桥后来就叫作“斟酌桥”。说来也巧，当时有个被抓来造墓三年没有回过家的年轻工匠，今天早上得到口信：老娘病得只剩一口气了，想叫俚回去见最后一面。请假勿准，只好夜里偷偷溜回去。他偷偷摸摸走到那小桥边，不料从桥下传来了低低的说话声。那声音虽小，夜深人静时却听得十分清爽。只听见一个人问：“先王寝陵的机密不能泄露，爱卿有啥好办法，把这一千名工匠全部除掉？”另一个说：“这许多人杀起来费辰光，不如赐他们喝完工酒，在酒里放毒药，全部送终！”这些话给年轻的工匠听见了，当然吓煞哉！俚再也顾不得回去看老娘，悄悄地从原路奔回山上，向工匠们报告了凶信。

工匠们听到凶信以后，想一起冲下山逃跑，可惜已经来勿及了，四面都已重兵把守。天一亮，只听到山上山下鼓乐齐鸣，吴王夫差立即传令，在大磐石上集合工匠，赏赐完工酒。工匠们心中早已有数，这是要伲死呀！大家举起盛酒的大樽，朝山石上狠狠掼下去，毒酒全泼洒在山石上。吴王夫差一看觉得路道勿对，立即号令官兵动手杀人。工匠们赤手空拳哪里敌得过官兵，结果一场肉搏后统统被杀害了。一千个人的鲜血染红了这块大磐石，因此后来大家叫它“千人石”。一千个人的鲜血流到磐石边的水池里，血红血红的，大家就又把这池叫作“血河池”。不知过了多少年后，池中忽然开出了白莲花，才改名叫“白莲池”。

（口述者：杨瑞生，苏州社会福利院老人；1962年采录于虎丘）

按：以上这些传说故事使得小小的虎丘山和2 500多年前的吴越春秋兴亡史联系起来，让人在这里领略美好风光之外，还会发思古之幽情。这些传说的来源，很大程度上是受东汉前期儒学经师赵晔所著《吴越春秋》的影响，而《吴越春秋》也是“采群书轶闻，摭故乡传说”而写成的，可见传说之源远流长。

断 梁 殿

苏州是个出能工巧匠的地方。元朝辰光，皇帝下一道圣旨，只给一些零碎木料，要在虎丘山脚建造一座千年勿倒的殿门，想难一难苏州的工匠。

一座殿门要千年不倒，啥人能做到呢？虽说苏州能工巧匠勿少，可是众人都不敢接这项生活，因为大家晓得，皇帝说出的话就是“金口玉言”，交勿了皇差，就犯了欺君大罪，要杀头格！地方官花了九牛二虎之力也找不到工匠，上报给皇帝，皇帝龙颜大怒。宰相便给地方官出了个主意，叫他把工匠的亲属，勿管是老人、女人、小囡都捉来，要杀就杀，要砍就砍，逼着工匠出来造殿。

有一天，工匠的亲属都被赶到广场上，官兵们还把工匠的孩子绑在旗杆上，用羊、酒赌输赢，拿弓箭射孩子的五官七窍，这几化（吴语：多么）惨呀！这辰光，一位年老的工匠看勿下去哉，就站出来，答应建造这座千年不倒的殿门。

这位年老的工匠是当时苏州远近闻名的“赛鲁班”。勿要看他年过半百，须发花白，做起生活来力气大，榫头牢，手艺出众。他挺身而出后，就有几位年轻的工匠也站出来哉。官兵们见有人站出来接这生活了，就上报了皇帝。皇帝还想继续难难苏州的工匠，下令造殿时勿准用一根铁钉，还把工匠们的亲属扣留下来，要等到把殿门按照期限造好，才能放他们回家。

这不是存心要苏州工匠好看吗？但是已经答应了，勿去又勿成。“赛鲁班”就和工匠们来到虎丘脚下，只见那里堆放的木料都是零零碎碎的，连做大梁用的木料也没有一段是整料。他眉头拧得紧紧的，一声勿响找来一些树枝，在地上横搭竖搭，画来画去。一天早上，他对众工匠说：“哼！苏州的工匠要是让人家难倒了，岂不让天下人耻笑么！今朝我想出了一个办法，你们看行不行！”原来他考虑了这么几天，终于想出了一整套建造这座“断梁殿”的巧办法，什么“菩萨顶”啊，“棋盘格”啊，“琵琶吊”啊，一根钉子也不用，仍然能把殿门搭起来。大家听了眉开眼笑，都说行！行！就按照“赛鲁班”的办法动工了。

没有几天时间，泥水匠就把四面的墙壁砌好了，木匠们用碎木料拼起一个又一个“斗拱”，架在四周墙壁上。这些“斗拱”配上“琵琶吊”“棋盘格”，做得精巧别致，交关好看。

要上大梁了，皇帝老子只准用两段木料接起来。其实“赛鲁班”早已想周到哉，那些“斗拱”和“琵琶吊”正好起着顶力和吊力的作用，减少屋顶对大梁的压力，分担了重量。虽然是“断梁”，但仍然十分坚固。苏州的工匠是永远难不倒的。

一座殿门就这样建造起来了。直到今天，它还坚牢结实，真正是一座千年不倒的断梁殿。

（口述者：顾文卿，做过工匠，苏州社会福利院老人；1965年采录于苏州社会福利院）

憨 憨 泉

虎丘半山腰有一口井，井栏上有宋朝人题的“憨憨泉”三个字。

传说很久以前，虎丘山上没有水。山上庙里吃、用的水，全靠人一担担从山下挑上去。挑水的是庙里的一个小和尚。这小囝两眼长了云翳失了明，连个名字也没有，整天闷声不响摸着山路挑水，大家就叫他“憨憨”。

有一天，夜深人静，憨憨劳累了一天，独自坐在河滩上吹竹笛。忽然听见船上有人说话：“这座虎丘山原来叫海涌山，山上有个泉眼直通大海……”憨憨听见了连忙站起身来，想问一问明白，但船已经开过去，走远了。

“要是能在山上找到这个泉眼该多好啊！”憨憨想着这件事，挑水时担子也觉得轻了。有一次，他只顾高兴，脚底一滑，跌了一跤，一担水打翻在地。他爬起来，想摸到扁担水桶再去挑，不料又滑了一跤。憨憨连跌两跤，跌得腰腿疼痛，便吃力地用双手在地上摸索，想找到扁担好支撑着站起来。摸来摸去，发觉这块地方长满了青苔。“怪不得这么滑!”憨憨想，“这地方为啥长这么多青苔呢?泉眼会不会就在这块地底下呢?”想到这里，他像发了痴一样，跪在地上，用双手去刨地。刨啊，刨啊，十个手指都刨出血来了，也没刨出泉眼。老方丈走下山来，看见他跪在地上“发痴”，耽搁了挑水，就用拐杖打了他一顿。

憨憨白天照样挑水，只要一有歇气辰光，他便摸到那个长青苔的地方去挖土，想找到那个通向大海的泉眼。他那一双手十只指头，都血淋淋地挖破了，便用自己最贴心的“伙伴”——竹扁担去挖。

日久天长，憨憨挖掘到山壁下，泥土也越来越松软湿润了。有一天，憨憨抓起一把泥土，好像能攥出水来。“咯咯”，他高兴得笑出声音来。不料扁担击在地上，霎时从地底下传来了水声。憨憨把头贴到山壁下的土坑里，只觉得那声音好听极了。“噗”!一股清泉冒出地面，直喷到憨憨的面孔上，说来也奇怪，这泉水溅到他双目上，竟冲开了云翳，憨憨眼睛亮了。

据说，山上的泉水可以治眼病，后来人们就在这里砌了一口井，纪念这位掘水人，取名“憨憨泉”。这憨憨泉，据说直通大海，所以又叫“海涌泉”。

（口述者：陶银根，苏州风景讲解员；1963 年采录于虎丘）

生公讲台和点头石

虎丘山上的千人石又叫千人坐，坐北朝南有一个石亭，上面刻着唐代篆书家李阳冰写的“生公讲台”四个篆体字。

苏州有一句谚语：“生公说法，顽石点头”。生公是魏晋南北朝时的一个大佛学家，原姓魏，名叫道生。他从小出家当和尚，师父姓竺，所以改名叫竺道生。生公是尊称。

东汉初年，佛教传入我国，到了南北朝时，就大为盛行了。那时苏州的虎丘，是大官王珣、王珉的别馆。听说当朝皇帝下诏书，要大兴佛法，广建塔寺，他们兄弟二人便舍宅建寺，从此虎丘山上就有了寺院。

竺道生钻研佛学，苦读经书，在京城却受排斥。于是他到处云游，有一年来到了苏州，看见虎丘山风景很好，便居住下来，在这里传经布道。苏州人听说虎丘山上来了一名高僧，大家都想来听听他讲的什么经。

一天风和日暖，有上千个人来到虎丘山上，各自搬块石头，垫在下面当座位，听生公讲经。竺道生端立在石亭中，身披袈裟，手拿念珠，口中念念有词，坐在下面的人顿时对他肃然起敬，鸦雀无声地听讲。

时间一分一秒地过去了，座位上的人也越来越少了。什么道理呢？原来讲来讲去不是劝那些作恶多端的人“苦海无边，回头是岸”“放下屠刀，立地成佛”，就是让人听不懂的经文。老百姓实在听不下去，一个一个地溜走了。千人石上只留下一块块垫坐的顽石。

憨憨泉

竺道生并没有灰心，不放弃自己的信念，竟每天向顽石讲起经来，直到讲得出神入化，据说，最后连顽石也点了头！

现在虎丘千人石石亭下面的水池中，有一块石块，题名“觉石”，就是“点头石”的遗迹。

梦拖虎丘塔

苏州虎丘山上的“云岩寺塔”，双名虎丘塔，因为年久失修，塔身倾斜得蛮厉害格。虎丘塔从哪个朝代起开始歪斜，大家都讲勿太清楚哉。不过祖上都讲：虎丘塔歪斜了，当时土地公公急得要命，这怎么向玉皇大帝交代呐，想来想去，只能使用神威哉。俚趁夜深人静，家家户户大男小女全都困在梦头里，调动全城男女老少统统出来拖正塔身。结果全城百姓整整拖了一宿，还是一点用处也呒不。不过第二天一早，大家醒来后个个都讲昨日夜里头做着一个梦，梦里土地老爷喊全城百姓去拉正虎丘塔，到现在人人都觉得累得腰酸背痛呐。

按：虎丘的风物传说，与一般名山大川的传说不同，它不是用神话形式来认识和解释自然界的奇观，而是有它独特的历史性。一座小小的虎丘，竟能名闻中外，招揽游人，其最大特点在于虎丘不仅是一处自然景观，而且是经过历代苏州人民苦心经营的、用精神文化堆积起来的艺术结晶。众所周知，苏州盆景、苏州园林都是把大自然的优美风光融于一体，经过人工雕琢，浓缩而成的艺术品，其超越了自然美，达到更高的艺术境界。苏州园林所以能“甲天下”，就是这个道理。虎丘就像苏州人精心制作的一个大盆景，它不仅有优美的风光，而且历代流传的风物传说遍及满山，有如百花纷呈，风采各异，具有独特的魅力。游人不仅可以游山玩水，还会得到一种精神文化的享受。

灵岩山的传说

灵岩山位于苏州城西南十多公里处，又名石鼓山；因山石可制砚，又名砚山。山形有如一头侧颈长鼻的巨象，故又名象山。但真正使苏州灵岩山（除了苏州，全国尚有多处山峰称灵岩山）名扬四海的原因之一，是传说春秋时期吴王夫差在此山上建造了“馆娃宫”，因而后人凭借想象，编织了许多吴王夫差在此“荒淫误国”的故事，以警后人。这又是人文景观的突出一例，体现了历代苏州人民的聪明智慧。它和虎丘景点传说有所不同，虎丘景点传说多来源于典籍、志书，而灵岩山的景点传说更有创造性，中心主题非常突出，把山上的每个景点，都和这一主题联系起来，强烈地表现“以史为鉴”的意向，要把吴王“荒淫误国”这一段历史教训，铭刻于后人之心，永志不忘。下面这一组传说故事，足以说明苏州人民用心之良苦。

馆娃宫

灵岩山上的馆娃宫，是吴王和西施住过的地方。说起西施，老少都知道她是一个美人，生得像天仙一样，赛过月里的嫦娥、花里的牡丹。

那时候，越王勾践打了败仗，被吴王俘虏，受了奇耻大辱，好不容易才回到越国，一心要复仇雪耻。当时他手下的大臣给他献了一条“美人计”，要他在越国挑选一个最标致的姑娘，去献给吴王夫差。吴王见了美女一定会沉溺酒色，荒淫误国，到那时就可以把他打败了。后来越国献来了美女西施，吴王夫差果然整日整夜像失了魂一样，厮守着美人，吴王为了西施，选择风景最优美的象山大造行宫，这座行宫的名字就叫“馆娃宫”。

象山就是现在的灵岩山，它的形状如同一只大象，长长的鼻子朝北伸得老远，馆娃宫要造在这象背上，就像一个精美的象鞍。越王听说要造馆娃宫，便大献殷勤，特地运来了大批神木，一时把河道都堵塞了，弄得吴国在太湖里的水师战船，都无法返回吴城。后来造好了馆娃宫，象山脚下还剩许多木料，当地人就建了好多房屋，成了集镇，这就是现在灵岩山脚下的木渎镇。

响屧廊

响屐廊和胭脂塘

馆娃宫造了五年，宫殿漂亮得像月宫一样，里面还建了一座御花园，有冬夏常青、四季不谢的花木。吴王晓得西施喜欢弹琴，特地叫人在象山最高的地方，造了一座雅致的琴台。吴王喜滋滋地陪着西施，在琴台上饮酒操琴。从琴台过去，有一条长廊，叫“响屐廊”，更是造得别致，把廊下地皮都挖空，放了许多大缸，缸上面铺木板。吴王为了使西施高兴，让宫女们穿了木屐在廊上陪着西施跳舞。宫女的裙子上系着小铃，发出叮叮当当的声音；木屐踏在木板上，还会发出琮琤的回响，真是天下最好听的音乐。跳得吃力了，西施便到殿前的池塘里去沐浴。因为她身上全是脂粉香气，池塘的水也变得香气扑鼻了，后来人们就把这个池塘叫作“香溪”，又叫“胭脂塘”。

玩月池

西施到了吴国，整天陪着吴王，并不开心，平日也不露笑容。这可急坏了吴王。他对西施说：“我的好妃子呀，你吃的是山珍海味，穿的是绫罗绸缎，开口要，闭口有，还有什么不称心的？除非天上的月亮不好拿下来给你。”西施说：“我懒得抬头看月亮，你能把月亮拿下来让我看，我就高兴了。”吴王一听，真的要拿月亮给她，搔头摸耳地想不出办法。后来还是西施自己出了一个主意，叫吴王在御花园中开一个小池塘。夜晚，西施在池边玩水，她用双手捧住了池里边月亮的倒影，对吴王说："你看，月亮不是在我的手心吗？"吴王见了，很称赞西施的聪明。西施也得意地笑了起来。从此，这个池塘就叫"玩月池"。

西　施　洞

有一次，吴王和西施在馆娃宫避暑，到了半山一个石洞边，吴王得意地说："这个石洞关过越王勾践，他蓬头赤脚在这里当马夫，想起当时他的样子真是好笑。"西施听了心里头难过得要死，脸上却不得不装出笑容，还"嗨"地笑了一声。真是千金难买一笑，吴王见西施开笑颜，自然蛮高兴，忙问："爱妃今天怎么这么开心？"西施乘机说："这石洞里凉风习习，好像回到了家乡，所以心里很高兴。"吴王听了说："天下以爱妃为最美，以你的名字最好听，这个洞就叫'西施洞'吧！"

一　箭　泾

有一次，西施和吴王在山顶远望，一直望到白茫茫的太湖。西施心里想，太湖那一边就是越国，有朝一日事成之后，倒要考虑一条近便的去路。她便向吴王说："我看到前面有一座小山，叫什么山呢？"吴王说："那是香山。"西施问："为什么叫香山？"吴王说："我命人从越国带来的香草，都种在那山上，这香草炼出来的香料，是专门供给你用的，所以叫香山。”西施听了露出一丝笑意说：“到香山去可怎么走呢？”吴王说：“这里下山到木渎乘船就可以到香山。”西施摇摇头说：“要兜这样一个大圈子，太远啦！”吴王听了，马上叫人拿来弓箭，对准香山方向“嗖”地一箭射去，又马上丢下一支令箭对手下人说：“以箭开河！”河开好了，吴王与西施经常乘着画舫，一路吹箫弹曲到香山去采香草。河的两旁种了杨柳、桃花，河里种了荷花。如今，从灵岩山望下去，这条笔直的河就是“一箭泾”，又叫“箭香泾”“箭泾河”“采香泾”。

传说不是历史文献，馆娃宫究竟在哪里，至今仍是历史之谜。据说夫差与西施避暑的行宫在姑苏台，姑苏台始建于吴王阖闾时期，其故址有几种说法：一说在姑苏山，一说在皋峰山，一说在横山，迄今尚无定论。关于西施的故事，在《吴越春秋》中写得也比较简单。关于灵岩山景点的传说不受历史真实的局限，大胆地造景点、造故事，使人坚信馆娃宫就在此地，引来无数文人墨客为其歌咏、感叹。上千年的营造，终于使这座山化作一个丰碑，把吴王夫差捆在耻辱柱上任人鞭挞。人们走进一个扑朔迷离的历史迷网之中，去追忆、去赏玩、去探求、去捉摸，增加无穷的游兴。

那组景点真正达到了“以假乱真”的地步。山顶绝处，确有一座平台，巨石上镌有“琴台”二字，明代大名士王鏊又在此题下“吴中胜迹”四个大字。如今这里显得有些荒凉，但唯其荒凉才更有沧桑感。面对起伏的群山，茫茫的太湖，令人仿佛听到琴台下“响屧廊”里的舞步声。“日日深宫醉不醒，美人娇步踏花行”（元·顾瑛《响屧廊》），真是如闻其声，如见其人了。山顶的花园里真有一口“吴王井”，井开在山顶上，要花多少人力物力，谁能有这么大的权柄，人们自然认为唯有吴王！据说明朝曾有一位农民，在淘井时发现镌有“敕”字的金钗一支，更使人联想起西施在此梳妆打扮、引诱吴王的情景。最妙的是“玩月池”，一个小小的水池，竟演绎出西施玩月的好戏，其寓意在于玩吴王于掌上，深深触动了人们对夫差荒淫误国之遗恨。据说“玩月池”之水逢旱不干，这种水将永远洗涤着人的灵魂，把吴王夫差当作前车之鉴，警告人们不要陷入荒淫的“美人计”。山上的“西施洞”“一箭泾”都历历在目，站在灵岩山顶，向山下正南望去，确有一笔直的河道，直通香山。人们好像看到西施与众宫女泛舟去采香草，那影像终于消失在迷茫的湖水之中，不知何去；而吴王却变成一块顽石，如“痴汉等老婆”，永远望着太湖仰天长叹，遗恨千年。唐代刘禹锡有诗云：“宫馆贮娇娃，当时意大夸。艳倾吴国尽，笑入楚王家。”灵岩山的景观及传说给人留下无尽的遐思，真是指点江山的大手笔，一部千古杰作！这是苏州这座文化古城中很典型的人文景观。

玄妙观的传说

1999年迎接中华人民共和国成立50周年大庆时，苏州市政府做了一件轰动全城、让群众颇为满意的大好事，这就是对市中心观前街的街坊进行改造，玄妙观也因此而焕发了青春，并且恢复了许多旧日的建筑和景点。苏州人梦萦难忘的许多关于玄妙观的往事涌上心头，几十万人涌向观前，触摸这里的每一处遗迹，这情景实在叫人感动。观前街和玄妙观为什么会有这么大的吸引力和凝聚力呢？因为这里不仅是全市的商业中心，而且曾是苏州文化的中心。

玄妙观始建于西晋咸宁二年（276年），距今已有1 700多年的历史，初名真庆道院，唐代曾改名“开元宫”，北宋时改名“玉清道观”。南宋建炎四年（1130年），金兵焚掠平江，道观被毁，到绍兴十六年（1146年）至淳熙六年（1179年）又重建。元代元贞元年（1295年）命名为“玄妙观”。玄妙观的正殿三清殿，也是南宋淳熙六年重建的。道教文化在中国历史悠久，而苏州处于吴文化区的中心地带，玄妙观则又位于苏州的中心，其影响十分深远，至今三清殿还是全国重点文物保护单位。

三清殿是江南最大的木结构古建筑，是宋代官式建筑的代表。其下檐斗拱，据说与宋代《营造法式》上的“飞昂”制度相符，为全国罕见的可供研究的珍贵孤例，被誉为建筑史上的经典之作。因为这座道观建筑工艺巧妙，犹如鬼斧神工，所以就产生了许多传说，并且流传至今。

范作头造三清殿

苏州玄妙观里有一座“三清殿”，据说在建造这座“三清殿”的辰光，出了一个大差错，险些造勿起来，幸亏鲁班仙师指点，才完工。

当时承包这个生活的是苏州有名的范作头。范作头包了“三清殿”的工程，很多亲友全来求情，把人荐给他做工。可是荐来的人既不是木匠，又不是泥水匠，都是些外行。动工的日脚到了，来的全是勿会做生活的人，范作头心里又是急，又是气，一边想心事，一边断木料，手里也就勿当心哉，等到发觉，不由地大吃一惊！“勿好哉，闯仔穷祸哉！”原来思想勿集中，糊里糊涂地把三十六根柱子都截得一样平了。截短仔接是接勿上去的，何况这些柱子都是用顶大、顶好的树身截的。再到啥地方去弄三十六棵大树来呢？范作头想：“三十六着，走为上着！”就把装工具的褡裢袋一背，想回到香山，接了屋

范作头造三清殿

里人一同逃走。

俚低仔头只顾奔路，正走到木渎镇附近，勿想对面也来仔一个人，心里大概也有啥急事体，对准仔范作头猛然一撞，撞得范作头一跤跌在地上。俚抬起头来一看，对面是个六十开外的佬佬，搭俚一样打扮，肩上背仔一把锯子，和一只放工具的褡裢袋。佬佬对范作头抱拳说道："对勿住，对勿住，我实在有要紧事办，想到苏州去寻范作头去。"范作头倒呆脱哉，心里想："俚寻我作啥?"嘴里就问哉："倷寻范作头阿有啥事体?""我听得人家说，俚在苏州寻着仔大生意哉，我想寻得去做工。"范作头一听，心想佬佬年纪这样大，勿要害俚去白跑一趟，就说："我听说范作头料作截坏脱哉，三十六根树拨俚截得一样平，勿分上下。"佬佬一听，拍拍手说："范作头技术勿错！倷阿晓得三十六根平头柱，加上七十二只斗拱，是一种绝妙的造殿法哩!"佬佬一边说，一边就勒旁边拆仔三十六根树梗梗，搭范作头两个人蹲勒仔地上，在泥地上画出造殿的图样来；又拿树梗梗搭给范作头看。范作头一看，欢喜得跳起来说："我懂哉，我懂哉，柱子短，一加上斗拱就长哉，而且斗拱可以分散力量，造起来又好看，又牢，真是好办法。"格辰光，范作头告诉佬佬自己就是断坏作料的范作头。佬佬抹抹胡子，笑笑说："我也早晓得倷是想逃到香山去的范作头，现在既然倷已完全懂哉，我也用勿着再去了。倷快点转去造殿吧。"说完就不见了。

老辈传下来说："范作头在路上碰着的是鲁班师父，所以三清殿造得有那么好呢!"

（口述：金海林；采录者：韩德珠）

鲁班在历史上确有其人，他是我国春秋战国时期的一个著名工匠，又叫公输般。当时铁器开始得到应用，鲁班有了革新工具的可能。他的工艺技术超人，有许多发明创造，被公认为巧匠，后来逐渐被神化，并被尊为行业的祖师。同行业人凡碰到各种困难，都幻想鲁班仙师会来帮忙。凡是智慧超群的工匠，也都被冠以“活鲁班”“赛鲁班”等称号，或加上其人姓氏，叫作“张鲁班”或“李鲁班”等。鲁班在民间传说中又常以神仙或教化者的面目出现，但他的形象始终没脱离工匠身份，他的神奇也主要反映在技术高超方面，不像宗教中的神仙，靠法力无边任意而为。古代人把有超人智慧的人奉为神，是常有的事，这种崇拜是原始英雄崇拜的继承和演变，同时它也反映了一定的社会生活内容。由于劳动人民在旧社会没有地位，甚至没有生存权利，他们需要有自己的保护神，借以维护自身和集体的利益，和一切威胁生存的势力作斗争，鲁班就这样成了特定社会群体乃至普通百姓的救世主，鲁班的神话也就产生了。上面介绍的这则故事，正反映着这样的心理和期盼；而对鲁班的歌颂，在本质上又是对人类自身的智慧和创造力的歌颂。

造屋请了箍桶匠

苏州有句谚语：“造屋请了箍桶匠。”意思是牛头不对马嘴。

造玄妙观格辰光，苏州有两帮能工巧匠，一帮是香山帮，一帮是苏州帮。人家说：香山帮巧里带精，苏州帮精里带巧。老道士想：造房子，精细挺要紧，所以决定请苏州帮来承建。

苏州帮的“作头”师傅叫顾巧根，他和香山帮“作头”师傅范巧生是师兄弟。当时，苏州还有很多不成帮的匠人，听说顾作头包工建造“三清殿”，都来求他照顾点生意做做。顾作头这人一向很讲情面，就统统应承下来。弄到最后，连箍桶的圆作帮，也都来求生意。这倒使顾作头为难了，他想：我们“建作”是造房子的，你们“圆作”是箍桶的，隔行如隔山，叫我派什么生意给你们做呢？

圆作头看出了顾作头的心思，恳求说：“我们房子不会造，锯木断料可是拿手好戏，包你满意。”

说实话，箍桶匠锯木断料真是蛮好，蛮快的。几天工夫，木料全部锯好，堆得整整齐齐，就去请顾作头来点数。顾作头过来把主柱尺寸一量，急得手脚冰凉，连连跺脚，一迭声说：“完了！完了！”原来，箍桶匠一门心思只晓得锯得齐整，把几根搁正梁的主柱全部锯得和其他柱子一般长短，大料都变成了短料。

事有凑巧，正好这天范作头到苏州来寻圆作头定做泥桶，一打听，才知道苏州的箍桶匠全被顾作头请去帮忙造“三清殿”，而且出了大纰漏。范作头觉得苗头不对，赶去问个究竟。顾作头就把事情经过一五一十向师弟说开了。范作头又好气又好笑地说：“我的师兄呀，你真是聪明一世，糊涂一时呀！造三清殿这样的大工程，怎好瞎猫拖死老鼠，请箍桶匠来帮忙呢！”

顾作头低着头说：“怪我一向重情面，没考虑周全，如今老道士跟前怎么交代！”

范作头安慰他说：“祸也闯了，光着急有啥用呢，总要想办法对付才是呀！”

顾作头便说：“只要师弟肯帮忙，我一定照你的办法去做。”

范作头说："主柱可以不用。"说着，他捡起一根木棒，在地上画了个"佥"字。然后问顾作头，"你认得这是什么字？"

顾作头摇摇头说："这个字，我活了这把年纪，可从来没见过。"

范作头用手中的棒头比画着说："告诉你，这叫顶天立地。上面顶着青天；底下一个'立'字，横的就是横梁，上面竖的是短柱，下面竖的两根柱子支撑地面。这样，'人'字的分量就通过短柱分散在下面两根四平八稳的柱子上，好比一个大汉，铁塔似的站在地上。原来的立柱，不是可以省去了吗？"

顾作头听了，乐得直拍巴掌，连连说："对，对，做啥事都不能墨守成规。到底师弟有主见，我们就这样办吧！"

后来，三清殿落成，老道士看了这种新的造屋结构，一百二十个满意。从此，"造屋请了箍桶匠"这句话和范作头的造屋方法，就在苏州一代一代传下来了。

（口述者：严秋荣等；采录者：杨彦衡、陆如松）

这样的传说故事，显然已经经过整理者的修饰，比较符合历史性和科学性。在人物设置上，用顾作头和范作头代表"苏州帮"和"香山帮"，也很恰当，因为苏州人的姓氏以陆、顾为多，香山匠人据说都是范仲淹的后代，以姓范的为多。通过造三清殿，反映了当时的社会生活、人际关系和工匠行业中的风俗习惯。这种白描的写实手法，也是民间文学作品常用的。但是比较起来，前一则故事中出现鲁班，具有浪漫主义的神秘色彩，给人以更多的回味。

妙一统元

苏州玄妙观，三清殿门上端，挂着一块金字匾额，上面写着“妙一统元”四个大字。

清朝辰光翻造三清殿，把这块匾拿仔下来，倒说四个字里的“一”字，日脚一多，金漆剥落，一点旧的痕迹也寻勿着了。玄妙观的老道士连忙把苏州所有书法好的人请到观里，求他们把这个“一”字补写上去。啥人晓得许多书法家，写的字吃话说，可就是搭匾上的字体总归两样，补上去勿好看。这时殿门口立了一个卖柴的乡下佬佬，看见俚笃吃不办法，就说：“我是个勿识字的乡下人，一生一世只识得一个‘一’字，别个字我勿识也勿会写，这一个‘一’字倒作兴会写的。”有个把人有意要看俚闹笑话，就去把笔砚拿仔过来。佬佬笑笑说：“我写是用勿着笔的。”就从脚上脱仔一只蒲鞋，在墨缸里一蘸，就画仔一个“一”字，大家一看字体果然搭匾上的字体一式无二，就奇怪地问俚。佬佬说：“我从小跟仔伲爷出来卖柴，一经到玄妙观露台上歇脚，来仔几十年了，厌气勿过，就欢喜看匾上写的字，别的字勿识，只识“一”字，就脱仔蒲鞋，勒地上写白相，已经写仔几十年哉。”

“妙一统元”四个字里的“一”字，就这样被一个只会写“一”字的乡下佬佬补好哉。

（口述者：金海林）

不管“妙一统元”在道教中作何解释，由这四个字派生出来的这个生活小故事，却给“妙一”作了一个阐释。一个不识字的卖柴老人，却能把匾上的“一”字补得天衣无缝，看来是个奇迹，但其中却有一个非常普遍而又平凡的真理，即“实践出真知”。民间传说中常常蕴含深刻的哲理性，它往往通过生动的、短小隽永的传说故事体现出来，十分耐人寻味。

寒山寺的传说

苏州人对寒山寺情有独钟，每逢过年必听寒山寺的钟声。现在“寒山寺听钟”又成为吸引日本游客的一个节日活动，每逢除夕之夜，有成百上千的日本人来到苏州，集中到寒山寺听钟声。据说在日本的小学课本里，也能读到我国唐代诗人张继的那首七言绝句：“月落乌啼霜满天，江枫渔火对愁眠。姑苏城外寒山寺，夜半钟声到客船。”这首诗已经名扬天下，时常引起学界对它的研究与探索。而寒山寺的主人，唐代贞观年间的诗人寒山，却被冷落在一旁了。不过，在民间传说中，却流传着许多关于寒山和拾得的故事，佛家称他们是“和合二仙”，寒山寺大殿中有他们的塑像和图画。苏州人结婚拜堂时，喜堂正中挂的也是“和合二仙”的喜轴，以寓夫妻百年好合之意。民间流传的故事，往往和寒山这位诗人的真实事迹风马牛不相及，但是正如寒山在诗中所说：“寻究无源水，源穷水不穷”，千百年来，民间传说就这么如流水一般地传下来了，而且几乎是家喻户晓。现在这些故事居然也和日本联系起来了。

和合二仙传友情

在很久以前，一个村舍上有两个结拜弟兄，从小就在一起。他们都生着圆圆的脸，结实的身体。虽然不同名不同姓，却比一个父母生的还要亲，哥哥喜欢，弟弟高兴；弟弟难过，哥哥伤心。一天不见面，抽吃饭空档也要碰碰头。

哥哥家里穷，父母去世早，学了个杀猪手艺，长到三十岁年头，才托亲邻街坊做了个媒，说了个亲。这姑娘就住在三里路外的青山弯，生得聪明伶俐，手脚勤快。

快到腊月十八了，姑娘准备出嫁。她家里一无父母，二无姊妹，全靠自己辛辛苦苦养了一口猪。为了办酒席，要找一个杀猪的，可是方圆十里地，只有新郎才会杀猪，只好去请他。

这一天，哥哥约了弟弟，兴冲冲地到姑娘家去杀猪。哥哥背着杀猪家什在前头走，弟弟一步一步跟在后头。不过今天不知为什么出了奇：哥哥满脸笑容，弟弟眉毛收紧。

杀好猪，天已经晚了。姑娘烧仔猪油炒白菜，血汤里放上几片青大蒜，香喷喷，热腾腾，三人开始吃晚饭。

人家说，喜事临门，高高兴兴，偏偏这顿饭吃得冷冷清清。姑娘只吃饭，不作声；弟弟不作声，只吃饭。哥哥一人说话一人听，说了三声无人应。

哥哥是个直心人，心想：姑娘怕难为情，弟弟怕见生人；不声不响，也是人之常情。等吃过夜饭，月亮已经爬上树梢，哥哥还要到十里路外去杀猪，就关照弟弟："时光不早，我先走，你帮姑娘收拾收拾再回家。"

哥哥出门赶路，走着，走着，突然想起一把刮猪毛的铁刨子没有放进篮子里，就掉转身子，又走了回来。

这时墙门已上了闩，推不开。哥哥想：看来弟弟已经走了，姑娘也许睡了。见旁边有棵大梨树，枝枝杈杈撇得开开的。怕惊动别人，他就三攀两蹬上了树，向围墙里一跳，轻轻落了地。再一看，窗里闪着灯光，姑娘还未睡哩。他怕惊动她，轻轻走到刚才杀猪的缸边，在猪毛堆里摸到了刨子，回身就走。

正在这时候，屋子里传出姑娘轻轻的哭声。哥哥一听，呆住了：好端端作啥要哭呀？刚走到窗前想叫人，忽然又听到弟弟的声音："勿要哭了，有啥办法！哥哥不晓得我们两人的事，要是晓得，也不会把我们拆散。"姑娘一边抽泣一边说："那你不会向他讲讲明白吗？"弟弟说："现在亲事都定了，哥哥人又好，你也有好日脚过，我还能抢着要？"

哥哥听到这里，全明白了。他心里翻腾着，在院里转来转去，过了好一会才下定决心，把屋门反扣好，折一根小树梢插牢，把一篮杀猪工具放在屋门外，仍旧轻轻地攀上了大梨树。后来又一转念：弟弟知道了一定不依。又回转身来，在月亮地里寻到一块白墙泥，在门上画了一个光头老和尚，然后翻墙出去，悄悄走了。

二更天，弟弟要回家。拉拉屋门开不开，从窗户跳出来一看，心中全明白了：哥哥为了让他和姑娘成家，出家当和尚去了。

弟弟这时心里也翻腾开了，在姑娘面前转来转去，兜来兜去，过了好一会儿也下定决心，对姑娘说："我寻哥哥去了。寻到哥哥，就和哥哥一起出家；寻不到哥哥，也就永远不再回来了。"

弟弟去找哥哥，翻过千座山，涉过万条河，受尽风霜雨雪，到处打听问讯，最后来到了江南苏州城。一打听，得知有个和尚新从外地来，模样和他哥哥差不多，在离城七里的何山脚下，枫桥边上，结草为庵苦修行。弟弟急急匆匆赶了去，还在路旁池塘里折了一枝大荷花，图个吉利。赶到枫桥一看，果然不错，哥哥真在这里落了脚。

哥哥听到弟弟来了，拿着一只盛着素斋的篾编盒子迎出来。两人相见，相抱而笑，虽然都穿着破旧衣服，敞开着胸，却禁不住欢跳起来。他们手里，一个拿着新采来的大荷花，一个拿着盛素斋的竹篾盒，也忘记放下了。

后来，弟兄俩就在这里开山立庵，因为哥哥法名叫寒山，庵名就叫"寒山寺"。弟弟也起了一个法名，叫"拾得"。现在寒山寺里还存着一块青石碑，碑上刻着弟兄俩的图像，上面写着寒山、拾得的名字。但是老百姓不识字，历来只知一个拿"荷"，一个拿"盒"，叫他们"和合二仙"。

据说，后来拾得传道，东渡日本。在日本有个拾得寺，苏州有个寒山寺。"和合二仙"本来就是团结友爱的象征。因此，许多日本客人到苏州，也喜欢去拜谒一下寒山寺。

（苏州博物馆钱正 1963 年 7 月采录）

这篇故事发表于《民间文学》1979 年 8 月号，引起了日本朋友的兴趣。后来我们接到日本友人芝田稔先生来函，告诉我们这篇民间故

寒山与拾得

事已经翻译成日文，在“任意合并协议会研究会”会刊《河内长野市乡土研究会志》第20号上刊登，芝田稔先生在来函中还问起“拾得寺”的下落。可见，日本友人对历史上中国人民和日本人民之间的友好关系是十分重视和珍惜的。

苏州的寒山寺和日本人民结下了不解之缘，日本友人来到苏州必游寒山寺，对唐代诗人张继的七言诗《枫桥夜泊》也倍感兴趣。

关于寒山、拾得，民间流传着许多不同的传说，这些传说和史书记载截然不同，带有浓郁的地方特色和苏州水乡风味，钱正同志搜集整理的《和合二仙传友情》是比较好的一篇。拾得东渡，沟通了中日两国人民的悠久情谊，在今天对中日两国文化交流更有特殊意义，难怪会引起日本朋友的极大兴趣。但民间流传的这些说法，却从未见之于文字，在地方文献上我们也没有找到文字根据。苏州流传的寒山、拾得传说，多与“让妻”的母题有关，钱正的整理本中，仍可见到这种痕迹。

寒山、拾得的来历是怎样的呢？他们为什么会在民间产生如此深远的影响呢？在我们搜集的传说故事中，有一则对此作了比较完整的记述。

寒山与拾得

好多好多年以前，苏州阊门外有一个依山傍水的小村落，风景美极了，村边有一条小河，河两岸种着垂柳红枫，通向村落的河道上架了一座拱桥，岸边疏疏落落的房子映在水里，就像一幅图画，村里的人大半以种植蔬菜为生。这个地方就叫“枫桥”。

有一天，从外地来了一个七十多岁的游方和尚，他想找个幽静的地方落脚修行，见此地小桥流水，风景优美，就在村外破竹砍树，在桥边搭了一座小茅棚，一隔两间，前间施药舍茶，后间打坐修行，四面还种些瓜菜，生活困难了，便到城里去化缘。

就在老和尚住下来的第二年，正碰上大旱年，从春到夏没下过一场透雨，地里都干裂得张开了大口，好似说：“渴呀！渴呀！”连河水也快干涸了。村里的人都心急火燎，有的穷人家熬不过荒年，便逃荒要饭去了。

有一家人家，夫妻俩带着好几个孩子，碰到荒年生活不下去。夫妻俩商量了一下，丈夫便带了最小的一个孩子去找村口的老和尚，对老和尚说：“大师父，出家人慈悲为本，今年天干水浅，粮菜颗粒无收，我一家想出外求生，这个孩子就留在这里，求大师父发慈悲收他当个徒弟，救他一条性命吧！”老和尚心地善良，看见小孩子站在一边哭哭啼啼，心里很不忍，叹了口气说：“我这里也很清苦，不过一口饭还是有的，你信得过我，我收下就是了。”那做父亲的听了谢了又谢，摸了摸孩子的头，一转身，咬咬牙走了。

老和尚拉着孩子的手，问他几岁了，叫什么名字？孩子抽抽噎噎地说：“十岁了，听大人说养我那年，正是腊月初八。在这前一天，爸爸见妈妈要生养，家中缺柴少米，就一口气跑到山上整整打了一天柴，哪知傍晚满天降下一场鹅毛大雪，将他困在山中，又饥又寒冻了一夜。好容易挨到天明，回到家里，我已经落生了，睡在母亲怀里。爸爸就逗趣地说：‘小家伙，你倒舒舒服服睡得香甜，做老子的为你在山上又饥又冻，差点送了性命！’妈妈说：‘就给他取个名字叫寒山吧，让他长大了不忘父亲为他的一番辛苦。’”老和尚听了叹息一阵，见寒山还未成年，就给他剃了个齐眉沙弥头。从此，寒山就在师父身边烧饭打火，诵经念佛。

又有一天，是盛暑的傍晚，满天彩霞像火烧，蝉声震耳。只见远远来了两个人，一个十岁左右的孩子，搀了一个有病的老汉，歪歪斜斜地走着。老和尚便和寒山将他们接进茅棚，施药、舍茶，忙了半天。到后半夜，那老汉对老和尚说道："老师父，我快不行了，这孩子是我的外甥，可怜他父亲被奸臣所害，满门抄斩，幸亏这孩子正在我处，没有遭到毒手。我怕他们斩尽杀绝，所以带他逃出来，现在我要死了，只求你留下他这一个根苗，收留他做个徒弟，我死也对得起他父母了。"老和尚一听这孩子的父亲是当朝的大忠臣，也就满口应允，那老汉就瞑目死去了。

从此，那孩子也就在茅棚中住了下来，因怕名声外露，只说是拾得来的野孩子。老和尚也给他剃了沙弥头，取名就叫"拾得"。

寒山与拾得虽不是亲兄弟，却每天形影不离，和睦异常。两个孩子都长得圆头圆脑，浓眉大眼，十分讨人喜欢。

过了几年，老和尚已经八十多岁了，躺在床上一病不起，自知快要圆寂，就想试试两个徒弟是不是真的关系好。有一天，老和尚背着拾得对寒山说："你今天晚上三更时分到我这里来，我有话和你说。"寒山答允了。他又背着寒山对拾得说："你四更时分到我这里来，我要把道传给你。"拾得也应允了。

这天夜里，三更到了，寒山去见师父，师父给了他半本真经，一枝荷花，说是"念透了这经书就能得道"。寒山拜谢而去。四更到了，拾得也去见师父，师父又将另半本真经和一个竹篾编的盒子交给他，并说："悟透这本真经，就能成仙飞升。"拾得也拜谢了。

一到天明，二人进房来一看，师父已圆寂了。二人大哭一场，将师父放在荷花缸内火化了。事情办完以后，寒山对拾得说："师弟呀，师父临终时给我一枝荷花，不知什么道理？"拾得也说："师兄呀，师父临终时给我一个竹盒，不知什么缘故？"两个人猜不透师父的心思，各自揣了半本真经出去寻仙访道，临别时约定，明年此日仍到此地相会。

时光过得飞快，第二年这一天清早，师兄弟二人一个从东，一个从西，都大步来到桥边，你看看我，我看看你，快活得抱着乱跳。寒山说："师弟啊，师父的哑谜我解开了。"拾得说："师兄啊，师父的用意我也领悟了。"说着俩人各从怀里取出半本真经，合在一起，又将手中的荷花与竹盒合在一起，两人同声说道："师父是叫我们荷（和）盒（合）一起，和睦相依呀！"后来俩人在一起诵透了全部真经，便得道成仙了。

据说，拾得得道以后，要普度众生，就将竹盒抛在海里，顿时化作万朵金莲，他就踩着金莲，东渡日本传道，所以据传日本曾有拾得寺。

由于寒山、拾得百年和好，亲密无间，"和合二仙"便在民间传开了，后来每逢有人结婚，总要挂一幅寒山、拾得的图画，祝福新婚夫妇"和睦相爱，情投意合。"

（口述者：宝如；采录者：韩德珠；1979 年采录）

◎ 人物传说 ◎

自古以来，苏州文人荟萃，人才辈出，历朝历代留下来的名人逸事、历史掌故多如牛毛，数不胜数。

苏州的人物传说，一大类是政治人物的故事，他们在政治风云中经风沐雨，不少人为苏州人民做过许多好事，历史没有湮没他们，人民也不会忘记他们；而关于历代农民起义领袖人物的传说，又补充了正史的不足。另一大类是文人故事。苏州是座文化古城，东晋以来，“武风日泯，文风日盛”，历代文人在这得天独厚的环境中，创造和发展了灿烂的吴文化，留下了许多脍炙人口的文学作品和艺术精品。他们各领风骚，有的人一生际遇很不平凡，成为街头巷尾的谈话资料，竟流传百世而不衰。这些人文逸事，在口头文学中往往异化变形，趣味横生，这是正史中难以看到的。

苏州传说 >>>

伍子胥的传说

伍子胥（？—前 484），名员，字子胥，是春秋时楚大夫伍奢的次子。楚平王七年（前 522），其父被楚王杀害，涉及族人。伍子胥出逃，到吴国后立誓要为父兄报仇，后为吴国大夫，帮助吴王阖闾攻破楚国。阖闾死后，他又辅佐吴王夫差，屡次进谏，反遭杀身之祸。其事迹在《史记》《左传》《吴越春秋》等典籍中均有记载。苏州人对伍子胥怀有特殊的感情，因为伍子胥和苏州的历史是难解难分的，传说苏州城就是伍子胥设计建造的，至今已有 2 500 多年的历史。对此，《吴越春秋》中有较详细的记载。当时，吴王阖闾忧“吾国僻远，顾在东南之地，险阻润湿，又有江海之害，君无守御，民无所依，仓库不设，田畴不垦”，因而向伍子胥讨教对策。子胥曰：“凡欲安君治民，兴霸成王，从近制远者，必先立城郭，设守备，实仓廪，治兵库。斯则其术也。”阖闾同意伍子胥的建议，还追问了一句：“岂有天气之数以威邻国者乎?”伍子胥胸有成竹地回答:“有!”阖闾才委任伍子胥造苏州城(当时叫阖闾大城)。伍子胥建这么一座大城,确实很有道理:他派人观察土地、探测水文,建造好的大城,城墙周长四十七里,陆地上的城门有八个,用来象征天空中八个方向来的风;水路上的城门也有八个,用来模仿大地边缘八个方向的门窗……他设置的每一个城门,其名称、装饰,都有深刻的含义,符合天时地利。民间传说中对伍子胥建城,更是说得神乎其神,有一段说的是他在建城时,遭遇洪水,最终战胜天灾的故事。

伍子胥造阖闾城

春秋辰光,要造一座大城可不容易啊!伍子胥请来了不少识天文懂地理的人,“相土尝水,象天法地”,看风水,丈量地,选定开工吉日。

一切准备停当,刚刚破土动工,老天便刮起狂风,下起暴雨。一连几天,天昏地暗,水流如注,满地都是积水。

一日,伍子胥正在发愁,忽见造城的监官,像个落汤鸡似的跑来报告:“禀报大人,大事不好,有八个地方的城基被水冲开了口子,城里的古井也日夜不停地冒水,民工和百姓都忙着逃命啦!”

伍子胥跑出来一看,只见满天乌云翻滚,一条孽龙在云中忽隐忽现,嘴里不停地喷水。原来,伍子胥建造苏州古城,挑选的是一块龙宫宝地。一破土动工,就惊动了海龙王,他便派孽龙来兴风作浪,要叫这座城建不起来。伍子胥双目怒视,须发竖起,抽出身上的宝剑,

伍子胥造阖闾城

他凭着一身好本领和孽龙展开了一场恶斗，终于刺中了孽龙的眼睛。孽龙翻滚了几下，从天上摔到地上，昏死了过去。伍子胥随手把它斩了。

伍子胥斩了孽龙后，又命民工造了八个陆城门，“象天之八风”，八个水城门，“象地之八卦”。城外掘有护城河，城内有护城壕；城墙是用泥土夯实的，坚固无比。伍子胥还命人在西城门外挖了一条大河，直通太湖；又开凿了运粮的“百尺渎”，通向长江。从此，龙宫被镇住了，水患也消除了。

这座城到底有多大呢？据说：周围有四十里二百一十步二尺，城外廓有六十八里六十步，当时在长江流域是数一数二的。阖闾心中十分高兴，给它取名为“阖闾大城”。

从此以后，吴国逐渐强大起来。

（摘自《民间文学》1986第8期，有改动）

伍子胥造苏州城，留下的遗迹和传说很多，苏州有“伍公祠”“相王庙”；连苏州人过年喜吃糯米年糕，也与伍子胥有关。传说伍子胥造城墙时，曾用糯米粉和泥土，以求坚固；还传说他生前曾劝谏吴王“居安思危”，并在相门城墙脚下埋了糯米砖，这个秘密只告诉了一个老随从。他死后，越军果然兵临城下，城内百姓断了粮，饥啼号寒，惨不忍睹。老随从想起伍子胥的留言，忙唤亲人到城脚下掘地三尺，挖出许多糯米做的城砖，终于度过了劫难。从此，就有了过年吃糯米年糕的习俗。每年端午节，各地民俗中的划龙船、吃粽子，祭祀的都是屈原；独有苏州，同样有这些民俗活动，祭祀的却是伍子胥。可见伍子胥在吴地民间有崇高的威望。就连浙江，也在钱塘江观潮时把伍子胥尊为潮神（涛神）。各地均有伍子胥庙，甚至尊其为当方土地，香火不断。

伍子胥之死

吴王阖闾死后，夫差继位，信任奸臣伯嚭，中了越王勾践复国灭吴之计，不听伍子胥的劝谏，荒淫误国。有一次，夫差和西施正在玩乐，白发苍苍的伍子胥又来劝谏，夫差恼羞成怒，丢给他一把“属镂”剑，逼他自尽。伍子胥气得浑身发抖。他在死前嘱咐部下说：“我身为吴国之臣，生不能为国尽忠，死后你们要把我的头挂在城门口，我要看看越王勾践的大军，怎样从我的眼皮底下经过，不然，我是死也不会瞑目的！”后来越王勾践的大军果然兵临城下，伍子胥的头颅突然胀得像车轮，两眼发光，须发怒张，吓得敌军不敢近前，只好改道从东门（现在的葑门）进城。吴国从此灭亡。传说，伍子胥死后，夫差命人把他的尸体装入布袋抛到河里，浮到太湖。当地百姓怜惜他，把他的尸体打捞起来安葬。后人为了纪念他，便把挂过他的头的城门叫“胥门”，把投他尸体的河叫“胥江”，把湖口称为“胥口”。胥口附近的一座山也命名为“胥山”。胥口太湖边上有一座胥王庙，庙内有伍子胥的衣冠墓，墓碑上写着：“吴相国伍公之墓”，还封他为镇湖的湖神。

（口述者：范崇禧、顾坤元；采录者：孙应春、袁震）

范仲淹的传说

范仲淹（989—1052）字希文，原籍陕西邠州，祖上迁居苏州，因此苏州是他的故乡。他做过苏州太守，是北宋伟大的思想家、政治家、军事家、文学家。他官至参知政事，谥文正，故称范文正公。苏州在1989年隆重地纪念过范仲淹诞生1 000周年。百姓认为他是一个对国家忠心耿耿的大清官。他的“先天下之忧而忧，后天下之乐而乐”，成为千古流传的座右铭。范仲淹在苏州做过父母官，而且为官清正，因此受到百姓的爱戴。他在苏州留下的遗迹，也都成为人们谈话的资料。这些传说的发源地集中在吴中区香山（一说他是香山人，许多香山匠人都说自己是范仲淹的后代）。关于天平山和苏州城里的范庄前的传说也较多。天平山有范家的祖坟，山下的咒钵庵，据说范仲淹小时候曾在此寒窗苦读，民间流传着他“断齑画粥”的传说。在范庄前还有范家的祠堂（或称范氏义庄）。许多传说都是讲范仲淹为官清正的，但是苏州关于范仲淹的民间传说，却是他一再劝家乡子弟不要都去做官，而应学会“一技半能”，方是根本。这可能是他经历官场坎坷后的肺腑之言，对后代有警世作用。

一技半能

范仲淹每日刻苦读书，有一次娘问他：“儿啊，你这样刻苦攻读，究竟为了啥？”范仲淹回答说：“我将来要做一个好官。”娘听了这句话，啥也没说，只是摇头叹息。

后来范仲淹做了官，看到当时做官的好多人贪赃枉法，欺压百姓，才想到娘听到他要做官摇头叹息的缘故。

不过，范仲淹自己不但为官清明，而且为人正直。有一次，他接到家书，听说家乡的年轻人放下锄头，不高兴种田，把大片田地都荒芜了，想学他去做官。他便赶紧回乡，向那些年轻人说：“你们要做怎样的官？”年轻人回答说：“大人，我们自然要做清官。”范仲淹叹口气说：“唉！清官难做呀！”接着便把自己做了官，却不能报效国家和百姓的苦衷说一遍。年轻人听了范仲淹的话，觉得很有道理，于是就问范仲淹学点啥好。范仲淹说：“学会一技半能，搬搬砖头、锯锯木头，学会筑房造屋也蛮好么！”

后来，苏州香山的年轻人果真学起筑房造屋的本领，技术越来越精，名声越来越大，日脚也越过越兴旺。直到现在，苏州香山的木匠仍然最最有名；香山木匠大多姓范，提起“范木匠”，人人竖大拇指。

（口述者；陆金媛、杨瑞生等；采录者：袁震、卢群、金煦；1961～1964

年采录于苏州天平山和苏州社会福利院）

天平山位于苏州城西15公里处，称“白云山”，因范仲淹的祖坟都迁葬此山，所以又称“范坟山”。这座山的特点是满山都是嶙峋怪石，一块块直立，有如古代皇宫里大臣上朝时托在手臂上的朝板，也就是“笏”。所以民间又称这里的景观为“万笏朝天”。

万笏朝天

天平山又叫范坟山，范仲淹从小在这里住过。后山有范氏祖坟，因此得名。

宋朝宰相范仲淹是苏州香山人，他一生为官清正，对宋朝皇帝忠心耿耿，直言进谏，反而遭到奸臣诬陷，到了晚年，被贬官回乡。有一次，他在天平山听到一个风水先生说：“这座山上的石头犹如乱箭穿胸，是块‘五虎扑羊’的绝地，谁要是葬在这里，他的后辈永生永世做不了官。”范仲淹听了，反而要花钱买下这块绝地，为的是避免子孙后代再做官。

范仲淹死后，忽然天气骤变，来了一阵狂风暴雨，所有的山石都竖立起来，犹如宰相上朝时手中的“笏”一样朝天矗立。这就是天平山上有名的“万笏朝天”的奇景，好像是在纪念这位忠贞不阿的范文正公。

（口述者：吴庭余、杨瑞生等；采录者：卢群、金煦）

万笏朝天

这当然是带有神话色彩的传说。据典籍称，天平山又称“赐山”，因为范仲淹为官之后，奏请改“白云庵”为“功德香火院”，以保护其祖坟，宋仁宗爱其忠义孝行，便以山赐之。天平山的山石构造，自有其地质运动的原因，但是有了这样的传说，天平山和范仲淹就更紧密地联系在一起，知名度也大不相同了。其实在许多传说中，都说到范仲淹是不迷信的，对于“风水”，他敢于反其道而行之，或者顺其道而为大家谋利益。传说范仲淹来到苏州后，本来想在卧龙街南头安置家室，后来风水先生说这里确是龙头宝地，如果在此建宅，将来子孙科甲不断，世代做大官。范仲淹听后，立即改变了主意，在这里建孔庙，造府学，发展教育，为国家培养人才，这和《万笏朝天》的传说异曲同工。关于他破除迷信的事，还有许多有趣的传说，如《踏茄子》《火烧鳌鱼庙》等。

踏 茄 子

有一次，范仲淹到乡下去白相，回来辰光天已经黑了。他走在路上，忽然脚底下“叽咕”一声，觉得滑腻腻、软软的，心想：勿好哉，勿是一只癞团（吴语：癞蛤蟆），就是一只田鸡，拨（吴语：被）我踏煞哉！

到了夜里，范仲淹做梦了，真的，一只癞团来向他讨命哎！他一吓，吓醒了，越想越困勿着。真阿有如此巧格？勿相信，倒要弄弄清爽。

第二天一大早，就又赶到乡下去，一看路上踏烂的是一个茄子，勿是癞团，才晓得自家在疑神疑鬼。所以后来范仲淹做仔官，从来勿相信圆梦，也勿相信鬼神格！

（口述者：杨瑞生，男，71岁，原木机工人，苏州福利院老人；采录者：华士明；1961年采录于苏州社会福利院）

火烧鲞鱼庙

范仲淹乘船到京里赶考，一路上欣赏山水，蛮有味道。这日看到一条大鱼，浮在水面上不动，范仲淹赞了声："好鱼！"艄公听相公称赞，就把那条鱼捉上来，烧给范仲淹吃了。范仲淹吃着吃着，觉得这鱼得来太容易，有点奇怪，问船上人："这条鱼为啥不逃？"船上人说："被麦钩钩住了。""啥个叫麦钩？""麦钩是竹爿做的钩子。用麦团涂在钩子上，鱼吃仔麦团，竹爿就弹开来，张在鱼嘴里，鱼就逃不脱了。"

范仲淹一听，啥个？原来吃的是人家钩住的鱼！他想给钱，哪里去找主人？想来想去，想起自家出门时，带来一条咸鲞鱼，现在还挂在船舱里，就问船上人："这一带的麦钩，都是一个人放的吧？"船上人点头称是。范仲淹关照拣一只吪没鱼的麦钩，放到咸鲞鱼嘴里，让竹爿弹开来，咸鲞鱼上仔麦钩哉。

第二天，苏州胥门外的鱼市场上，围仔匆匆少少人，听一个老渔翁拎仔一条咸鲞鱼，勒浪讲这件稀奇事："清水河里钩仔一条咸鲞鱼。"大家晓得这个老头子从不说鬼话，一个说："奇怪，鲞鱼出啦海里厢，哪亨跑到河里来哉？"一个说："外加是咸鲞鱼！"大家正在七张八嘴，忽然一个老太婆头发乱哉，眼睛定起仔，鼻涕眼泪一把，嘴里吐起白沫来哉，大家吓得倒退仔一步。有的人就说："上身哉，上身哉！"那老太婆忽然开口了："我啊，勿是别人，是鲞鱼王，昨日上仔麦钩，显显威灵，列位替我造还一座庙宇，可以求男得男，求女得女。"

有两个讨仔家小一直勿养儿子的老倌，和几个热心肠朋友一起，向老头子买下那鲞鱼，用芦扉搭起一个棚棚，把这条鲞鱼供起来，算是一座鲞鱼庙了。啥人晓得烧香的人来得个多，香火一旺，有仔铜钿，那两个求着儿子的老倌又发起为鲞鱼王造正式的庙宇，又塑还俚一尊人头鲞鱼身的泥像。几十里开外，烧香许愿的人吪道吪尽。每年逢到这一日，还有迎神出会。不少人在这上头花了铜钿，有的人许了小愿不灵，再许大愿，弄得倾家荡产。

事体过去三年，范仲淹做了官，看到苏州有个闹猛的庙，一打听，原来是自己挂在麦钩上的一条咸鲞鱼，竟会在这里作孽作威，诈骗钱财，决定要把庙烧掉。老百姓起初不肯，范仲淹一五一十拿事情讲清楚，老百姓才晓得自己受骗了。大家同意让范仲淹把这座鲞鱼庙烧掉。

（口述者：陆涵生，男，62岁，红木雕刻厂老工人；1962年采录于苏州吴苑茶馆）

天平山有"高义园"，是范氏后裔为纪念范仲淹而建造的。清代乾隆皇帝下江南，赞范仲淹"云天高义"，因此题名"高义园"。义从何来？也许乾隆也亲耳听到过有关范仲淹的那些讲义气的传说，并为之感动吧。

高 义 园

范仲淹小辰光，家里穷得房子没有一间，和母亲住在天平山脚下的破庙咒钵庵里，一天只能吃到三顿薄粥。范仲淹尽吃薄粥，特别是冬天夜里，读书读得晚，肚皮老是饿得咕咕叫，俚就把凝冻的薄粥，像划豆腐一样划成小块，这就是古书上讲的“断齑画粥”。肚子饿了，就拿一块吃吃，冻起来的粥块上有水的纹丝，像天上的云，蛮好看的，范仲淹就把这些粥块取了好听的名字，叫“白云糕”。

范仲淹有个要好的同窗叫石曼卿，家里富得不得了，有一次俚到咒钵庵，看见范仲淹正在吃这种“白云糕”，回家后把这件事告诉了俚父亲。第二天，俚父亲叫俚带了不少酒肉菜饭送给范仲淹。过了几天，石曼卿又去看他，发现俚送去的这些酒菜仍旧原封不动地放在那里。石曼卿十分奇怪，去问范仲淹，范仲淹指着碗中的粥块，笑笑说：“你的心意我领哉，不过我吃惯了，并勿觉得苦，现在如果贪图美味，将来怎样再吃得起苦呢？”

一席话，说得石曼卿佩服得五体投地。以后，俚就叫人用糯米粉仿照范仲淹的“白云糕”，做了方糕，天天送去。

范仲淹晚年做了宰相，还念念不忘石曼卿过去对俚的好处。有一次，范仲淹叫俚儿子尧夫把自己的俸禄五百斛麦子，用船载回苏州老家去分送族中穷人，顺便叫他去看望在丹阳的老友石曼卿。尧夫上岸一看，得知石曼卿的父母和妻子死了，两个女儿尚未出嫁，生活十分艰难。尧夫十分同情石曼卿的遭遇，就将五百斛麦子全部送给了俚。石曼卿收下麦子，叹口气说：“多谢倷好意，可是我债台高筑，这个漏洞实在填勿没呀!”尧夫听了十分难过，就又将载麦的船一并送拨俚。

尧夫回到京里后，范仲淹就问俚:“阿曾见到曼卿伯父?”尧夫就把石曼卿的境况对父亲说了。范仲淹听了难过地说:“为啥不把麦子送拨俚呢?”尧夫说:“送了啊。”范仲淹说:“对，最好连船一并送拨俚。”尧夫说:“是啊，我把船也送拨俚哉。”范仲淹高兴得直淌眼泪，拍拍尧夫的肩膀，连声赞叹:“尧夫，你做得好!”后来，范仲淹听见石曼卿病故的消息，哭了三天三夜。

清朝辰光，乾隆皇帝听到范仲淹的为人，也很敬仰，俚下江南曾到过天平山，关照苏州知府建造了“高义园”，还自己亲手写了“高义园”三个大字，刻在石坊上，来颂扬范仲淹仗义接济难友的精神。据说至今那里还留有乾隆的脚印呢。

(口述者:戴济良，72岁，丝织工人;采录者:杨彦衡;1985年采录于苏州平江路)

苏州有两句俗谚:“留头勿留街，留街勿留头”，说的也是有关范仲淹的轶事。

留街勿留头

范仲淹死后，苏州的老百姓为了纪念他，要在苏州城里为他建立一个祠堂。苏州的地方官是范仲淹的门生，也赞同这桩事体。有名的香山匠人都赶来为范仲淹建祠铺路，他们在祠堂门前铺了一条石板街，叫“篦箕街”，哪晓得铺街会闯出一场大祸来！

原来，当时这样的“篦箕街”和皇宫里的“龙骨街”是一样的，而且皇宫里仅有一条，祭祀孔圣人的文庙里也只有半条。香山匠人在范仲淹祠堂门前铺了整整一条街哩！这不是对范文正公比对皇帝、孔圣人还要加二（吴语：更加、加倍）敬重吗？朝廷里的奸臣听到这个消息，抓住把柄，向皇帝奏仔一本。皇帝一听，龙心不悦，便传下圣旨，要苏州的地方官立即把这条街拆掉，圣旨上说明：“留头勿留街，留街勿留头。”

苏州的百姓听说皇帝要拆街，气伤哉！有些人敢怒而不敢言，而香山匠人都是硬汉，挺起腰杆来硬是不肯拆！哪末僵哉！苏州地方官是留街好，还是留头好呢？

苏州地方官也是好样的！他仔细一想：范文正公做了一世清官，忠君爱民，两袖清风，先天下之忧而忧，后天下之乐而乐；当朝的皇帝和奸臣有眼无珠，他活着百般陷害他，死后还要鸡蛋里头寻骨头。不行！他要为老师争这口气，才不愧是范仲淹的门生。于是他便问传旨的京官：“‘留头勿留街，留街勿留头’是不是圣上的金口玉言？”京官说：“当然是了！”地方官也豁出去了，讲：“好！我宁愿留街勿留头！”

苏州地方官被杀害了，这条篦箕街却一直保留下来，就是现在的范庄前，苏州人对这桩事体还永记不忘哩！

（口述者：杨瑞生、范轶民；采录者：韩德珠、孙应春；1962 年采录于苏州）

民间传说中所颂扬的范仲淹，当然脱离不了封建社会的忠、孝、节、义道德观，但范仲淹一生廉洁，克己奉公，身居显要，仍能做到勤政惠民，以天下为己任，先天下之忧而忧，后天下之乐而乐，实属难能可贵。而且，他领导的“庆历新政”运动，成为王安石变法的前奏。他曾提出十项改革措施，即使因受诽谤而被贬官，仍不改初志。这种精神使他成为后世的楷模，至今也有重大的现实意义。难怪老百姓在口头上也要为他树立一座丰碑。

张士诚的传说

张士诚（1321—1367），元朝末年起义领袖，元末泰州白驹场人（今属大丰），小名九四，盐贩出身。元至正十三年（1353），他与弟士德、士信率盐丁起兵，三年后定都平江（今江苏苏州），自称“姑苏王”。后降元，至正二十七年（1367）朱元璋军攻破平江，张士诚被俘，押至金陵（南京）后自缢身亡。他在苏州称王期间，曾经施过一些德政，赢得百姓好感，苏州人很怀念他，每逢阴历七月三十日，借祭地藏王的机会，烧“九四香”纪念他，为避官府追究，俗称烧“狗屎香”。

关于张士诚的传说，在苏州一带流传广泛，从张家港搜集来的一组传说故事，是和当地地名、港口的来历联系起来的。

张家港为啥姓张

张家港市为啥姓“张”？这里有个出典。

传说元朝末年，朱元璋占领南京称“西吴王”，张士诚在苏州称“姑苏王”。一山不容二虎，一地岂容两个王？于是朱元璋率兵沿江而下，张士诚也领军沿江而上，啥人晓得，两军就在江阴相遇了。一番激战，朱元璋人多势众，张士诚沿江败退，一直退到长山。

就在此时，张士诚想到朱元璋出身安徽凤阳，不通水性，忽然计上心来。他就利用长山脚下的长江水面，派水师悄悄绕到江阴黄田港，出其不意地攻打朱元璋的部队。朱元璋猝不及防，腹背受敌，大败而归，溜回石头城。

张士诚打了胜仗，回到长山，仔细察看地形，只见离长山不到两里，有一个村子，村子背后有一条通长江的山港，水陆交通便当，大有要塞之势。他立即传令三军，安营扎寨，修筑战壕，操练将士，厉兵秣马，磨刀练武，并且安抚百姓，屯兵待征。他要借此宝地落脚生根，养精蓄锐，以便攻打金陵，称霸天下。这样一来，那条通往长江的山港“张”字旌旗飘飘，港畔的村子“张”字帅旗招展，这一带便成了“张家”天下。因此，人们就称这条通江的山港为张家港，港畔的村子叫张家村啦。

（口述者：张龙法父子；采录者：章艺欣）

诚王口封张家港

张士诚打下姑苏城之后，队伍一天天壮大起来，江南大片土地，都在他管辖之中。但是，金陵朱元璋实力也勿小，成了张士诚的眼中钉，定要除去这个心腹之患。

于是，诚王想找一个屯兵之地，养精蓄锐，积草储粮，伺机夺下金陵城。这屯兵的地方，到哪里去寻呢？

一次，张士诚路过石头港，发现这里是个“葫芦宝地”。石头港口小肚皮大，称“浮子门”；左有巫山，右有长山，后有香山，山对山，水连水，港湾十八曲，港口藏了兵船，山上屯了军队，外面一点也看勿出。加上这里地势险要，进可以直掏江阴、无锡，独占江南；退可以直通扬州、南通，保障苏北，的确是南北要冲，军事重地。于是，诚王就把陆、水、粮三军，集中到这“浮子门”。

那年秋冬，张士诚选了一个黄道吉日，在香山顶上的老虎嘴检阅三军。先检阅陆军：只见黑压压一片将士，刀枪闪烁，杀气腾腾，具有独霸江南的气概；再检阅水军：浮子门里兵船穿梭，首尾相接，桅樯林立，具有势不可挡的架势；后检阅粮军：粮船排列，仓满盈盈，船上号旗飘扬，粮船沿着石头港，弯弯曲曲，直通杨舍。

张士诚看在眼里，笑在心里。特别是港里的粮船，好似一条巨龙，他越看越高兴，就口占一诗：“虎嘴阅三军，江南独称王；军屯浮子门，粮满张家港。”占完，又是哈哈笑，望着石头港说：“这里是张家的天下，张家港！”

因为张士诚是诚王，说了话要遵照执行。从此全军上下就改口称

诚王口封张家港

石头港为张家港。不久，这个称呼传到了民间，老百姓都爱戴张诚王，就都把石头港改称张家港了。后来，张士诚虽失败了，可是张家港的名字，还是一直沿叫下去，虽然在明、清两代的县志地图上只承认石头港，但在民间还是坚持称张家港。

（口述者：郭星椙；采录者：包文灿）

苏州留下的张士诚遗迹很多，城中心有“皇废基”，是张士诚在苏州称王时所筑王府的遗址，后因兵败纵火焚烧而成废墟，故名。正史记载，张士诚曾多次降元，并杀害过农民起义军红巾军的首领。当政后，他专权腐败，逐渐走下坡路。但他在苏州时，采取了一些政策措施，减赋济贫，安定民生，恢复生产，并注意吸收社会下层的人充实政权机构，受到下层人民的拥戴。朱元璋大军压境、围城三年之际，他在苏州北园、南园开地种田，得到老百姓的支持。因此，苏州民间流传的张士诚传说，和正史上对他的评价不同，颂扬的多，批判的少。《积谷甏》《讲张》这些传说，有趣地表现着老百姓对张士诚的怀念之情。

积谷甏

据老年人说，以前住在苏州城里的人家，每家灶下都放着一个甏，名叫“积谷甏”。

元朝末年辰光，朱元璋带兵打到苏州。当时，张士诚占据苏州称“姑苏王”，他亲自带兵出城，与朱元璋打了一仗，因为寡不敌众，吃了败仗，回到城里以后，就扯起了吊桥，闭门不出。

朱元璋的部将日日在城外讨战，一连好几个月，也不见城内有人出来应战，朱元璋就下令攻城。但是，苏州的城墙非常坚固，守备也非常严密，攻了几次都没有攻下来。军师刘伯温就献了一个计策，说道："只要如此这般，张士诚就会来投降！"朱元璋一听大喜，就下令十万大军，把苏州城团团围了个水泄不通，也不讨战，只等城内粮尽草绝，好叫张士诚不战自降。

张士诚猜透了朱元璋的心思，便召集将官商量对策。商量来商量去，也商量不出结果。最后有个大臣叹口气，自言自语说道："城内空地甚多，本可下令官兵开荒种粮。可是库中尽是白米，没有稻种可怎么办呢？"张士诚听了也很忧闷。他信步出宫，到后花园去看景解闷，走到假山旁边，只见一个十三四岁的丫头，手里捧着一只升箩，升箩里放着粒粒饱满的谷子，一把一把地撒在地上，正在喂鸡呢。张士诚一看便斥责道："城里现在正缺粮食，你怎么能用谷子喂鸡？"那丫头急忙辩解说："大王，我这个谷子不是向粮库里领来的，是我在烧火时从稻草上勒下来的。"张士诚听了，顿时转怒为喜，连连称赞道："这个办法好，这个办法好！"

即日，张士诚叫人起草文书，贴出布告，告谕全城："每家人家灶下放一个甏，专门积贮烧火时从稻草上勒下来的稻谷，限一个月内把谷子缴库。"一面又下令军民，开垦南园、北园的荒地。不到一个月，每家甏内的谷子都已积满了，大家把谷子交到库里，集中起来有几百担之多，足够做种子用。于是，在开垦的土地上播种下去，到了秋收的季节，收得来的稻米吃也吃勿尽。靠着这个"积谷甏"，张士诚守住苏州三年零六个月，城里没有一个人饿死。

从那个辰光起，苏州人就把“积谷甏”当作一个宝贝，家家灶下都放着这么一个甏，日久便成了一个风俗，一代一代地传下来了。

（口述者：潘生；采录者：潘君明；1956年冬采录于苏州市乌鹊桥弄）

讲　张

“讲张”，是吴语的一个常用语，就是“谈话”的意思。为啥拿“谈话”说成“讲张”？原来是从明朝开始讲起来的。

在元朝末年，张士诚在苏州称王之后，为老百姓做了一些好事，老百姓都蛮感激他。后来，张士诚被朱元璋打败，活捉到金陵（今南京），上吊自杀了。老百姓知道后，都在怀念张士诚生前的功德。于是，街头巷尾、村子浜口，几个人一碰头，就偷偷谈论张士诚。这个情况渐渐被朱元璋知道了，就下令捉拿讲张士诚好话的人。一时，苏州城乡搞得人心惶惶，大家再也不敢讲张士诚了。当差的只要看到有人在交头接耳，就大着声问：“你们在讲‘张’吗？”回答的总是说：“我们不在讲‘张’。”“好！大家识相一点，不准讲‘张’，否则，嘿嘿……”

自此之后，讲“张”是再也不敢了，可“讲张”两字却在人们口头上、耳朵里讲惯听惯了，逐渐形成了口头语，都把谈话习惯地说成“讲张”，一直流传到今天。

（口述者：潘森林；采录者：潘冠球；1989年采录于昆山城北乡归家浜）

民间传说不拘泥于正统历史，对历史人物并不“盖棺定论”，不肯定一切或者否定一切，也不是简单地去分辨好人还是坏人，而是实事求是作出他们自己的评价。这不但符合客观事实，同时也符合文艺创作的规律，避免了概念化。我们在民间文学采风时，一定要认定这一点，不能照正史乱加篡改，更不能受极“左”思潮的干扰，给历史人物乱戴“叛徒”“汉奸”的帽子。只有忠实记录的资料，才会对研究历史更有帮助。

朱元璋的传说

朱元璋（1328—1398），濠州钟离（今安徽凤阳东北）人，出身农民，小名重八。少时在皇觉寺为僧，后为明代开国皇帝明太祖，年号“洪武”。

在苏州太仓、昆山一带，传说他小时候在舅家放过牛，看过鸭，而且把他神化了。

朱元璋放牛

明朝开国皇帝朱元璋，从小父母双亡，在娘舅家寄身。娘舅忒小气，不给外甥吃饱，他经常饿得肚子咕咕叫。娘舅叫他去放牛，他和放牛的小伙伴们商量，要把牛杀了吃肉，小伙伴们都不敢杀，朱元璋说：“只管杀，我自有办法。”于是他就把娘舅家的牛杀了，和小伙伴一起吃个饱，只剩下一个牛头和一条牛尾巴。他把牛头放在前山山崖上，牛尾

朱元璋放牛

放在后山山崖上，回去对娘舅说："一头牛钻到山里边去了。"娘舅不信，牛怎么会钻到山里边去呢？朱元璋说："不信你自家去看吧！"娘舅就跟到山里，一看，牛头在山腰里露出来，碰碰它还会叫呢！到后山，看到一条牛尾巴，拔拔它，还在摇呢！要想拔，却怎么也拔不动！娘舅看呆了，不相信也得相信。

太仓农村一直到现在，麦熟辰光，碰到天上云多，天气闷热，就常常会听到远处有"嗡嗡嗡"的叫声，大家都叫它"地黄牛叫"，就是天要转阴落雨了。又说，叫三声要响风，叫四声要落雨，这就是"三风四雨"。还说，朱元璋吃牛肉时，天亮了肉还未吃光，朱元璋叫天暗一暗，天就暗下来了。现在天亮前总是要先暗一暗，人称"偷牛暗"，就是这个道理。

（口述者：乔文彬、姜万安，农民；采录者：沈祥华、高龙）

民间传说中对朱元璋的评价并不高，因为他做了皇帝以后，既杀功臣，又镇压其他的起义军。朱元璋最怕再出现皇帝，取代他的皇权。因此，在民间传说里他经常要军师刘伯温到处"破风水"，免除后患。风水上说，只要哪里是所谓的"龙地"，那里就可能出皇帝；所以只要听说哪里风水好，出人才，朱元璋就害怕得要死，偏偏苏州又是块宝地，人才辈出。当权者的这种心态，源于封建的小农经济所产生的狭隘心肠，颇有典型性。民间传说对此给予了辛辣讽刺，是很耐人寻味的。

卧 龙 街

苏州的人民路，过去叫“护龙街”，又叫“卧龙街”。

据说，明朝辰光，每到夜里三更天，这条街上有两个火球滚来滚去。朱元璋的军师刘伯温会看风水，他听到这个消息，说：“这两个火球，就是两颗夜明珠；有两颗夜明珠，就是有两条龙；有两条龙，就是要出两个皇帝的预兆。”朱元璋最怕有人夺皇位：“出仔两个皇帝，自己的皇位就保勿牢哉！”马上就叫刘伯温去破风水。刘伯温到苏州一看，这条街南头有一座学宫——孔庙，北头有一座大塔——北寺塔，算是一面压住了龙头，一面揪住了龙尾，叫“护龙街”蛮恰当。就禀报朱元璋，说风水已破，这条龙永远也动不了啦。从此，“护龙街”就改叫“卧龙街”，叫“人民路”那是中华人民共和国成立以后的事了。

（口述者：杨瑞生；采录者：韩德珠；1963年采录于苏州社会福利院）

日出万绸

明太祖朱元璋做皇帝后，怕别人造反，就炮炸功臣楼，把一班帮他打天下的开国元勋统统炸死。他还勿放心，问军师刘伯温：“我的天下好坐几年？”刘伯温算了一算，讲：“你的皇帝做到万子万孙。”朱太祖开心呀，再问刘伯温：“天下哪里风水最好？”刘伯温走上天文台一看，看到了芦墟，就讲：“芦墟地方大，有‘千军万马’。”太祖一吓，有千军万马，是要造我的反呀。刘伯温又看到黎里，就讲："黎里地方文气好，官要多得像芝麻绿豆。"太祖又一吓，这许多人做官，今后我皇帝难做哉。刘伯温再看到盛泽，就讲："盛泽要'日出万侯'。"太祖一听，勿得了！日出一万个侯爷，将来我哪哼办?！一动脑筋，有了！皇帝我是金口，叫他们造勿成反。他拣好一个黄道吉日，召集文武百官，开金口了："芦墟出千砖万瓦！"所以芦墟后来窑墩最多，烧砖烧瓦，直到现在；"黎里纸马绿豆多！"——"纸马"是祭神用的纸签，所以后来黎里印的纸马多得成千上万，销到全国；"盛泽日出万绸！"所以后来盛泽丝织业发达，"日出万绸，衣被天下"。

（口述者：沈阿新；采录者：唐幼良；1987年采录于盛泽镇）

施耐庵的传说

施耐庵，元末明初小说家，《水浒传》作者。其生平事迹，旧籍记载绝少，《兴化县续志》载明人王道生撰《施耐庵墓志》，说他原籍苏州，后迁淮安，元至顺间举进士，卒于明洪武初，年七十五。研究者对此说颇表怀疑。张家港市文联包文灿、吕大安等同志在河阳山一带搜集到的施耐庵的传说，恰好弥补了施耐庵生平的一段空白，引起学界的重视。他们搜集整理的作品近20篇，发表在当地文化部门编印的民间文学专刊《金沙洲》上。在此之前，江苏民间文艺家丁正华等同志搜集到施耐庵的传说，大多流传于苏北的白驹一带。据说施耐庵曾经做过张士诚的谋士，在张家港也有许多张士诚的传说，与施耐庵在张家港隐居的时间是很吻合的。在口头文学中，施耐庵多以能占风识雨、预测风云的术士面貌出现，被说成是一个半神半仙式的人物。

天罡地煞仿罗汉

张家港市有座河阳山，山上有座大庙，叫永庆寺，是江南有名的大刹。寺内罗汉堂里有三十六尊大罗汉和七十二尊小罗汉。

元朝末年，施耐庵离开了苏州城，为了写《水浒传》，就住在文昌阁的东厢房里。他白天在罗汉堂门口摆个测字摊，晚上关在阁楼上写书。他在壁上挂了勿少勿少张画像，做啥？全是他《水浒传》里写到的人物嘛！画像上有官有民，有僧有道，但是画上的这些人，都没有面孔的。原来施耐庵习惯先画人体，再画衣裳，最后开相，点眼。有辰光一天开一张相，有辰光十天半月开一张相。不过画上开的面相，全与罗汉堂里的罗汉差不多。为啥？他白天在罗汉堂门口摆测字摊嘛！他天天看见的是罗汉，画像上面相当然就像罗汉啦。永庆寺里有三十六尊大罗汉，七十二尊小罗汉，《水浒传》里有三十六员天罡星，七十二员地煞星，不相信你去比照比照，模样还真像呢。当时他为了写清楚每一个人物的面相，经常在罗汉堂不断揣摩，有辰光一天要来回跑上几十趟。他会立在一个罗汉面前，仔细端详，半天不说话。现在罗汉堂台前的方砖地上，有一条半寸来深的槽，据说就是施耐庵当时揣摩罗汉时踏出来的。

施耐庵写书喜欢夜里写，一面写一面还要讲话。据说有一天，半夜里一个小和尚出来小便，着见阁楼上蜡烛火煞煞亮，就偷偷摸摸爬到楼梯上，从门缝里看进去。只看见壁上画中的人都下来了，施耐庵正在和他们讲话呢。小和尚吓得从楼梯上滚下来，要紧奔回去告诉老和尚。老和尚出来一看，楼上灯光已经全无，先生正在打着呼噜说梦话呢。

天罡地煞仿罗汉

据附近的群众讲，施耐庵写《水浒传》，就是住在河阳山辰光开始写第一回的。

（口述者：钱士佳，男，75岁，张家港市凤凰乡河阳山永庆寺看寺老者；采录者：包文灿；1984年5月采录于张家港市河阳山地区）

种童子糯的传说

施耐庵不高兴替元朝办事，从钱塘县衙门里跑出来，四处漂泊。后来，他到河阳山，在鸷山山脚下的滚塘岸住了下来，设馆教学。

东家叫徐老三，为人很吝啬，天天只是粗菜淡饭招待塾师。施耐庵也不计较，每天放了学，看看书，写写字，自有一番乐趣。手头有几文钱，便都拿来沽酒喝。有辰光兴致好，就同乡邻东说洋，西说海，瞎讲山海经。要是东邻生病发热，请他开个偏方，西舍嫁女娶亲，请他写个庚帖，他也总是有求必应。村里老老少少都敬重这个见多识广、能写会算的白胡子老先生。

有一年，落谷季节到了，天气干得异常。施耐庵看看天，对乡邻说："今年你们不要种粳稻，全部种糯稻好了。"徐老三想：三岁小囡也晓得，粳稻收得多，糯稻收得少，不合算的。再说全部种糯稻，哪能吃法？心里觉得纳闷。但乡邻们想：老先生出主意，办事情，从来没有叫人上过当、吃过亏。大家一商量，就依了他的话，家家种上清一色糯稻。徐老三一看，心里也活络起来，咬咬牙，种了半亩田糯稻。

这一年夏季，天气奇热，六畜都不安生。七月里孕穗、八月里扬尖、九月里灌浆，眼看离开镰还有个把月工夫，施耐庵看看天，又对乡邻讲："可以收割啦！"众人一商量，又都依了他的话，提前开镰斫青稻。徐老三一看，又纳闷起来，左思右想，斫了一半，留了一半。

青稻割下来，哪能办？施耐庵说："把稻谷晒干，放起来好了——稻柴也收藏好。"

乡邻们又照办了。施耐庵照旧教蒙学，写文章，喝老酒，讲故事。

徐老三一看这苗头，老先生在寻开心！暗自庆幸自家有主张，顺手就把割下来的几捆青糯稻喂了牛。

转眼暑去秋来，一天，有人从城里回来，带回一个消息：金陵城里的朱元璋发兵打元兵，打到半路上，军马害起瘟疫，躺倒了一大半。马医生开的药方是当年"童子糯"，"皇榜"已经贴到城门口，高价征购青糯稻——连糯稻柴也要！

乡邻们高兴了，连夜就把上好的童子糯、糯稻柴装上船，运到县城里。第二天一早，领了谷钱、赏金回转。满村人都欢欢喜喜，只有徐老三懊恼也来勿及。

原来施耐庵老先生是个精通天文地理的人！

（口述者：徐详，男，64岁，张家港市凤凰乡老农；采录者：吕大安，张家港市文化馆干部；1984年3月采录于张家港市凤凰乡农村）

金蝉脱壳

从前，张家港东南角河阳山上的石头，质坚色乌，可做砚台、刻石碑，称阳山石。山上永庆寺的门口，有个卖砚台的佬佬，专卖各种砚台，当地人称他石公公。

有一天傍晚，石公公在吃夜饭，突然进来一个人，一看，是寺门前那个测字的阴阳先生。他赶紧让座端茶，说："先生，怎么有空来吵？"

先生手提一把酒壶，往桌上一放，在椅子上坐定。两人本来认识，熟不拘礼，一面攀谈家常，一面吃酒。吃了一歇，先生开口说："石公公，你能刻石碑吗？"

"能呀，我本来是做刻石碑生活的，为仔刻砚台生活轻，赚得到钱，所以才改刻砚台的。"

"我想刻一块墓碑。"

"好好，先生啥辰光要？"

"今朝夜里就要，来得及吗？"

"来得及的，老规矩，凡是刻死人碑，总是急三急四地等用。先生，你要多长的石？如要长点，大点，我上山去选料。"

"勿要大的，尺把长就好哉。"

"那我这里有。"说完，石公公就在床底下翻出一块二尺七寸长的阳山石，问："这块可差不多？"

先生一看，磨得蛮光，说："正好。"

石公公又问："先生，上面怎么写法？"

“让我写在石头上吧。”于是，先生用手指蘸了点酱油，在石碑上写了“施耐庵之墓”五个隶书字，说：“就这五个字。”

“阿要落款和日脚?”

“不用了，这石二尺七寸，正好是至正二十七年。”

于是石公公拿出钢钻、铁锤，再点上一支蜡烛，就“的的笃笃”地刻起来。先生面孔笑嘻嘻，一面吃酒，一面看着。不到一个时辰，碑上的字刻好了。先生看看，很好，就说：“有劳公公了。”抱起石碑后，他接着说：“公公，这石碑可做二十七只砚台，刻工和石碑钱，壶中去拿。”说完就走了。

已经三更天，石公公也蛮累了，看见台上还剩半盅酒，一口喝掉，就上床睡了。

不知怎样搞的，石公公整整睡了一天一夜，等到醒来，已是第二天的傍晚了。他立起身，来到永庆寺里找先生，一问，说先生一天未见。石公公想：坏了，先生约我“午中”来，现在早过了。时间一过，他人早走了。心想：阴阳先生整天算时间，时辰一过勿认账。石公公垂头丧气地回到屋里，看到台上还放着一把酒壶，仔细一望，来气了：这把酒壶前面缺嘴，后面缺把，上面盖子勿配，壶底已裂缝，是一把破酒壶，实在呒啥用。随手向门外一扔，只听见“当”一声响，石公公觉得勿像破壶的声音，再一看：地上有块银光锃亮的东西，赶紧拾起来一看，原来是一锭银元宝，一算，正好是二十七只上等砚台价钿。再一想：喔，“午中”“午中”，原来是在“壶中”。石公公蛮开心。

过了三天，一群皇城里的官兵突然来了，铁衣铁甲，钢刀雪亮，把永庆寺团团包围，说是捉拿朝廷钦犯。石公公一打听，原来阴阳先生就是钦犯，心里蛮替他担心着急。过了一歇，皇城来的兵走了，石公公便悄悄地走到永庆寺的东园里一看，发现一个坟，再一看：这坟前石碑上就是他刻的“施耐庵之墓”。原来阴阳先生就叫施耐庵，他用的是“金蝉脱壳”之计。

（讲述者：钱士佳；采录者：包文灿；1987年采录）

沈万三的传说

沈万三的真名叫沈富，字仲华，湖州南浔（现在浙江省湖州市南浔区）人，徙居长洲周庄（现在苏州昆山）。元末明初，人们把拥有巨万家产的大财主叫“万户”，沈富排行老三，所以叫他沈万三。

沈万三的传说在苏州地区民间流传很广，他的知名度和发家致富，据说和他得到一个“聚宝盆”有关。

沈万三是一个出身贫苦的农民。中国的农民生活在几千年的封建社会里，他们小生产者的地位决定了他们的传统观念就是要发家致富。当他们中间有人能摆脱贫穷的命运，脱颖而出时，按照他们的宿命论观点，必然认为有神灵暗中保佑，或者相信命运的安排使他遇到许多奇迹。沈万三就是这样一个人物，于是关于沈万三的传说便不胫而走，而且越传越神奇。

沈万三得“聚宝盆”的传说，是民间传说中具有代表性的作品。它能在民间流传几百年，乃至家喻户晓，不是没有道理的。

在中国，特别是在江南汉民族中的民俗中，“聚宝盆”即为镇宅之宝，是财富的象征。国有国宝，家有家宝。直到现在，当人们有了钱时还是想买一件值钱的东西（如饰物）作为镇宅之宝。“聚宝”即是善于敛财，往往是和勤俭持家或者勤俭节约联系在一起的，只有这样才能使财富生生不息。“聚宝盆”也是这种品德的象征。在神话传说中，“聚宝盆”最初总是落到勤劳者的手中，而且这位勤劳者又是极聪明善良的，他在某一方面的能力总是超群的。传说里的沈万三正是这样一个人物。多数传说中说他救了青蛙的命而获得聚宝盆，这一细节展现了他的善良。他从一般的助人为乐，发展到支援农民起义（前有张士诚，后有朱元璋）；他从一般的造桥铺路，发展到重金修筑南京城。在人民群众眼里，他虽然拥有“聚宝盆”，但不是一个为富不仁、欺压百姓的富豪劣绅，而是农民眼中的理想人物。

沈万三的悲剧结局，则折射出中国历史上农民革命的不彻底性。朱元璋夺位以后建立了明王朝，这在历史上是一个进步，但他回过头来滥杀忠臣，在历史上也是出了名的。他对沈万三，始用终弃，害怕民富，特别嫉恨他拥有“聚宝盆”。一听说他是“财星下凡”“左脚生金”“右脚生银”，财势夺人，就更加不能容忍。朱元璋将沈万三定为欺君之罪，发配云南，还要杀掉他的五个儿子，以灭其种。老百姓对这种事情是非常愤慨的，但他们敢怒而不敢言，只有借助于传说，一代又一代地流传下来。他们给沈万三头上加上光环，想用这样的方法来还原历史的本来面目。聪明人会从沈万三这一历史人物身上得到许多启发，与其相关的民间传说曲折地反映出人民的理想愿望、心理状态、思想感情，有非常深刻的内涵。这些民间传说虽然受时代的局限，反映的是小生产者的意识，如迷信宿命的思想等并不足取，但只要我们能够理解当时生活在贫困状态中的劳动人民对发家致富的强烈向往，也就瑕不掩瑜了。

聚宝盆的传说

沈万三本来的名字叫沈富，浙江南浔人。自小上过几年私塾，读过《四书》《五经》，长得蛮机智聪明。他父亲沈佑靠捏粉玩具谋生，挑副小担头穿村走巷，平时省吃俭用，积得一些钱财，在南浔买了几间房子和几亩土地，种田兼经商。家里缺少人手，沈万三停学帮助父亲看店，打打算盘记记账，年纪轻轻早出道，成了一个很能理财的生意人。

有一年新茧上市，沈佑收购到几十担新茧，就差沈万三带了个伙计到盛泽去转手倒卖，想赚一笔钱。

盛泽是著名丝绸产地，人口很多，集市繁华。镇上有好几家妓院，一到晚上便开出一条条张灯结彩的画舫彩船，为那些卖茧客商夜里享乐提供方便，上船来吃花酒、听曲子、掷骰子，或者拥抱着花枝招展的妓女，在内舱宿花眠柳。涉世未深的沈万三，被龟奴拉到彩船上吃酒赌博，一夜工夫，卖茧得来的银子输得精光。

沈万三身无分文回到南浔。伙计一见沈佑，就一五一十讲了缘由。沈佑气得胡子发竖，将沈万三捆绑痛打，逐出家门。沈万三就此落难，到处流浪，乞讨度日。临近年关，他来到昆山千灯镇，这时家家户户都在杀鸡宰羊忙着过年。他走近一户人家，还没开口要饭，忽然门开了，从里面扔出一堆鸡毛来，正落在脚跟前。沈万三一看，不能吃，不能卖，气得要命。可是，一大把色彩艳丽的公鸡毛吸引了他，他猛然想起了父亲早先的手艺行当，用公鸡毛也可以制作玩具的。于是，他就收拾起鸡毛，并用泥土来代替小粉（汏面筋滤出来的面粉），心灵手巧地制作出了几件泥雀泥鸡，一下就被孩子们买走了。

沈万三有了活命的办法，就在千灯镇制卖泥玩具度日。三春的一天，沈万三到镇外的一个泥塘边挖泥，发现有个农民在捕捉青蛙。他上前劝阻说："青蛙是保护庄稼的神物，不可随意捕杀，赶快放掉吧。"

这个农民瞪了他一眼说："我懂！可是眼下青黄不接，家中断吃缺喝，只好捕杀青蛙卖了过活。"

沈万三掏出了一把卖泥玩具得来的钱，交给那农民说："这些青蛙就卖给我吧！"

农民接过钱，把一串青蛙交给了沈万三，当即被他全部放回池塘。

当天晚上，沈万三梦见几个青衣人向他作揖道谢说："谢谢你救了我等性命，日后定当报答大恩大德。"

过了几天，沈万三到汤家浜卖泥玩具，看见个老人扳罾网，扳来扳去，网网落空。沈万三觉得奇怪，上前说："老阿爹，我来试试看。"他手气好，扳了三次，次次有鱼。可是，第四次却扳到了一只泥瓦盆，盆里还有几只青蛙，"呱呱"地叫个不停。他将罾网往外一丢，连盆带蛙抛入水中。第五罾扳起来，谁知网里还是老样子：一只泥瓦盆，盆里几只青蛙"呱呱"叫。他又扳了一罾，结果仍然是一只

聚 宝 盆

泥瓦盆和几只鸣叫不停的青蛙。

老人开口了："把盆留下来，做个鸭食盆。"

沈万三把泥瓦盆捞起来，交给了老人，告辞离开。

老人住在一条破渔船上，身边只有一个十八岁的孙女张秀英一起生活。孙女按照老阿爹的吩咐，抓了几把谷子放进泥瓦盆饲鸭。谁知鸭子还没有吃，盆里的谷子一下变得满满的，越变越多，淌了一船艄。秀英惊慌得要紧喊老阿爹过来看个究竟。

老人从谷堆里取出泥瓦盆，端详了好久，看不出个子丑寅卯。这当儿正好沈万三卖完泥玩具路过这里，老人一眼认出了他，捧着泥瓦盆上岸拦住说："小伙子，怪了怪了，谷子放到盆里怎么会变多呢？"

沈万三反问："这是真的吗？"

老人把泥瓦盆放到地上说："不妨再试一试。"

沈万三随手将卖掉泥玩具得来的几枚铜钱放进盆里。一眨眼，泥瓦盆里变出了满满一盆铜钱。沈万三、老人和秀英顿时看得发呆，异口同声说："我的天哪！这是个'聚宝盆'哇！"

有了"聚宝盆"，三个人联系在了一起。老人见沈万三眉清目秀，聪明勤快，就招他做了孙婿。一家子对这个秘密守口如瓶，用金子、银子放在"聚宝盆"里，变得金银实在没处藏了。有道是：家有黄金外有秤，瞒得过初一，瞒不过十五，传出去不太平。于是，三人商量着寻找一个不为外界注意的地方，隐居起来过幸福生活。

主意拿定，三人载着一船金银，沿着吴淞江往南摇呀摇，经过几番选择，来到周庄镇东垞村，发觉这里偏僻，交通闭塞，简直与世隔绝，就此定居下来。

（口述者：张锦钊、徐培荣；采录者：邱维俊）

沈万三奇遇记

说起沈万三，他和明太祖朱元璋，还有一个叫花头子姚卓人，是同年同月同时生。据说他们出生时，朱家的鸡叫声最响，沈家的鸡叫声略差，姚家的鸡叫声最低，因此民间流传：朱元璋打遍天下，沈万三买遍天下，姚卓人讨遍天下。

沈万三小辰光跟着爷爷靠养鸭过活。有一日，有个算命先生从门口经过，从上到下端详一下沈万三，说："你将来要发财，小运在丹阳，大运在镇江。"沈万三听见这句话，对爷爷说："我不养鸭了，我要出去闯码头。"

沈万三离家出走，一路走到丹阳乡下，天暗下来，肚子饿得咕咕乱叫，投宿无门。好不容易找到一户人家，这家其他人全死光了，只剩下一个姑娘病倒在床上，也快要死了。当她看一个陌生人来求宿，便哽咽着说："要住，你自己找地方住，要吃，你自己到灶头去烧。"沈万三便想住下来服侍姑娘，救活她的性命。姑娘吃不下东西，夜里醒来要茶喝，沈万三便爬起来烧茶喂给姑娘喝。哪知服侍了三天三夜，这姑娘竟爬起身，病也好了。姑娘对沈万三感激不尽，非要嫁他做媳妇不可，沈万三不肯做招女婿，姑娘说："你走到那里，我跟到那里。"就这样，沈万三在丹阳讨了个娘子，"小运在丹阳"真应验了。

那一年朱元璋已经在南京登基当了皇上，要选皇后，官绅人家的小姐都来应选，朱元璋全看不中。原来，朱元璋想出一个刁钻促狭的主意，叫太监找一只大船，开到长江里，船上备一条长长的跳板，船行到哪个码头，就把跳板搭上岸，叫当地应选的女子走上来应试。官绅人家的小姐脚头软，走不上去，皇帝却降旨说：谁能走过跳板，谁就被封为皇后。这时，有一位网船上的姑娘，不由分说，噔、噔、噔走上去了！走在跳板上脚不软，身不晃，气不喘，上了船就跪在皇帝脚下。朱元璋叫她抬起头来，这一看不得了，这女子长得好难看，癞痢头，眨巴眼，歪鼻子，阔嘴巴，身上长满疮疤，像个“十样景”。朱元璋是皇上，金口玉言，话说出去要算数，只好开船把这女子带走。不料，这姑娘在半路上浑身发冷、发抖，身上的皮肤慢慢脱落下来，最后蜕下一只“头盔”似的皮壳，身上的皮肤变得又光又滑，人也变漂亮了。朱元璋高兴得不得了，随手把那只又脏又臭的“头盔”丢进长江，大船顺风开往皇城去了。这只“头盔”在长江里飘呀飘，飘到镇江。

沈万三在丹阳讨到娘子，一路做生意到了镇江。那一日在江边上望景，一眼看见这只黑乎乎的“老鬼三”（吴语：家伙）朝他飘过来，他伸手就拿到了，看来看去，看不出是什么东西，心想：“管它是什么东西，带回去做鸭食盆也是好的。”回家就交给娘子。娘子养了八只鸭，在“头盔”里放了一把谷子，到夜晚一看：不好了！八只鸭子全胀死了，地上铺满了谷子。沈万三怪娘子喂的谷子太多了，娘子说：“我只抓了一把谷子呀！”沈万三觉着奇怪，就亲自抓了一把谷子放进“头盔”里，过了一歇，谷子也满出来了。沈万三一想：这东西是个宝啊，他从怀里掏出一些碎银子放进去，银子也满出来了。沈万三真的在镇江交大运了。

据说，这只“头盔”就是沈万三得的“聚宝盆”。

（口述者：许阿章、范阿连，吴江震泽外倚村农民；采录者：金煦、周景标、张伟；1989 年 6 月 27 日采录）

沈万三筑城

朱元璋打下集庆，改称应天府，并把这里作为立国的根基。沈万三见朱元璋是个有作为的人，能够平定天下，就和弟弟沈贵（沈万四）商量，主动捐纳万石粮食给朱元璋作军需，又捐献白银五千两，还替朱元璋建造军营六百五十间。朱元璋想扩建应天城，但是当时战事频繁，开支浩大，一时难以筹措那么多费用，正在为难的时候，想起了财主沈富（沈万三的大名）。

朱元璋刚想派人传沈富进宫，只听外面宦官禀报："沈富求见。"朱元璋一听暗暗高兴，传旨："宣沈富上殿!"沈富走进宫殿，匍匐跪倒，说："小民闻听大王扩建应天城，愿亲自服役，效犬马之劳。"朱元璋轻轻点了点头，说："以你的资财，能筑城多少丈?"沈富说："小民斗胆，愿与大王对半筑城。"朱元璋一听，心里反倒有点不高兴了，表面上却装作若无其事的样子，淡淡地说："我看你能筑全城三分之一就不错了。你就从正阳门修到水西门吧！不过，应天乃国家立基根本，城池又是应天屏障，关系重大，不可玩忽，到时候我要亲自检查。"沈富心里明白，朱元璋填燕雀湖（俗称前湖）建新宫，新宫东面的城墙已经修完了，城西清凉山后的石头城和玄武湖（俗称后湖）南岸的一段城墙，都是六朝遗物，完好无损，都不必重修。去掉这几段城墙，从正阳门（俗称洪武门，即现在的光华门）到水西门，差不多刚好是全城的一半。但是，他不敢揭这个底，只是连连叩头，说："小民如有怠慢，情愿受处罚。不知大王给小民多久期限?"朱元璋沉吟了一会儿，说："我与你同样期限。我竣工你也要竣工，若你完工我没完工，我将严惩督造官；如果我完工而你逾期不完工，可别怪我不讲情面了。”

沈富离开了宫殿，一路思忖着：计划扩建的应天城范围内，北有富贵山、覆舟山（九华山）、鸡笼山、狮子山，西有八字山、清凉山、五台山、冶城山，只有正南和西南无山可凭，地势低洼，城就得修得高，工程量也就大。虽然有南唐和宋元时候的旧城，但是残破不堪，无法利用。沈富想到时候如果修不完，身家性命可就保不住了，感到肩上分量不轻。沈富回到家，赶忙和兄弟沈贵商量，立即分别派人采石料、木材、砖瓦等材料和一切应用工具，并大量招募修城民工。

筑城开始了。沈富、沈贵兄弟往来奔忙，督工修造。城基铺花岗石，上面砌上统一规格的青砖，青砖缝隙用石灰和糯米浆浇灌加固。城高五丈多，城上宽二丈左右，铺石为道。正阳门、通济门、水西门上各修瓮城（围绕在城门外面的重城部分），城门上起造谯楼。特别是聚宝门（现在的中华门），两层城墙，每层各有七个藏兵洞，城门四重。城门槛高二尺，长二丈，颜色黝黑如铁，据说是从外国运来的子午石。通济、水西和聚宝三个门，是南京城中最巍峨坚固的三座城门。

沈富兄弟俩一点不敢马虎，往返各段巡视，一发现哪儿质量不合格，就立即返工重筑。为沈富筑城的人都是雇来的，沈富还时常给一点犒赏，所以，筑城的质量好，速度快。尽管工程量大，筹办建筑材料也困难，但还是提前竣工了。

这一天，朱元璋领着一班文武大臣来检查沈富筑的城。他任意指几个地方，让力气大的军士用铁锤狠命砸击城墙。只见锤子落处，现出一个个纯白点，城墙丝毫无损，文武百官都惊讶不已。原来，沈富让筑工们在砖墙外面用石灰和糯米浆包了一层。这样，既平整美观，又加固了城墙。朱元璋看了看沈富，满意地点了点头。

检查完毕，朱元璋又带沈富和文武百官检查吴王府督造的城墙。朱元璋也任意指了一处，让军士同样用锤砸击，锤落砖碎，没几下，城墙就出了个大窟窿，墙心里尽是一些破砖烂瓦和松泥杂土。原来，吴王府督造的城墙，有的地方是由犯人修造的。这些人自然不肯出力，虽然有官吏挥鞭督造，但督造官吏一有疏忽，犯人们就草率从事，偷工减料，所以有的地方质量很差。

朱元璋见此情景，脸上火辣辣的，青筋顿时从额角暴起。他命令立即将负责修造这段城墙的官员找来，叫他把城墙拆掉重筑。当重筑的城墙快要完工时，朱元璋让军士把这个官员活活地填埋在城墙之中。在场官吏见此惨景，一个个吓得直出冷汗，浑身发抖。

经过数十万人几年的辛勤劳动，巍峨的南京城以崭新的面貌耸立在钟山西麓、长江之滨。它东连紫金山，西踞石头城，南阻秦淮河，北带玄武湖，周长六十七里，比内外城周长六十里的北京城都大，是当时世界上第一大城。

南京城的这次修筑距今已有六百多年了，至今在玄武湖畔、狮子山麓、白鹭洲、中华门，还可以看到当年南京城墙的身影。它那龙盘虎踞的雄姿，赢得了古今无数文人骚客的歌颂和赞叹！

（节选自《少年百科丛书》，有改动）

沈万三充军

元朝末年天下大乱，朱元璋推翻了元朝，定都南京做了皇帝，开了明朝，就着手重新修筑石头城。可是，经过多年战乱，弄得民穷财尽，哪儿来钱筑城呢？军师刘伯温奏上一本，说可将修筑南京城的费用，分段划交全国有名的富户身上，限期完工。朱元璋准奏，其中将洪武门——水西门一段城墙，落到沈万三身上。沈万三住在昆山周庄乡的东庄、银子浜一带。他本名沈富，排行老三，曾封过万户侯，所以叫沈万三。周庄地处水乡，漂洋过海到外国十分方便。沈万三就从水路上贩卖乌煤、米粮，并对南洋运销丝绸、陶瓷器，发了大财。他有田产三千顷，在周庄营建住宅，由东庄迁到银子浜，造起了西花园和银库，还在东宅用一千三百亩土地造起大仓库积粮食，成了天下首富。

沈万三一接到朱元璋圣旨，就带着金银粮食，征用上万民夫，如期筑好了占整个南京城三分之一长度的城墙。可朱元璋还要沈万三交出“聚宝盆”，把它埋在南京城下，作为镇城之宝，限令他七天交出。

沈万三舍不得交出“聚宝盆”，想远走他乡，逃到别地方去。谁知朱元璋也估计他会逃跑，派出三千御林军当场捉住了沈万三，抄了家，就把沈万三连同“聚宝盆”一并押解进京。

朱元璋听说沈万三是财星下凡，左脚生金，右脚生银，凡是他走过地方，只要掘地三尺，就好得到金银。他派兵丁在沈万三脚下挖掘，结果一无所得，就定沈万三欺君大罪，充军发配云南。

沈万三充军上路，身边只带着五个儿子，分别叫金、银、铜、铁、锡。在押解路上，沈万三的身边总是金光闪烁。又有人向皇帝奏本，说沈万三的五个儿子是五路财神下凡，现在跟沈万三去云南，将财气也带走了。云南是边界之地，倘若他们逃到国外，岂非连财神老爷都给送掉了。朱元璋一听有道理，又下一道圣旨，把沈万三的五个儿子就地赐死。圣旨一到，只有金、银、铜、铁四个儿子在沈万三身边，当场就被杀死，血液流进了云南土地，都化为铜矿。所以，云南的铜矿特别多，尤其像含有银子的那种白铜最有名。最小的儿子锡，因为是个拐脚，行走不便，落后了一段，他拐到个旧地方，一接到圣旨，就在高山上跳崖自杀，死后化作锡矿，所以，云南个旧地方多锡。

沈万三充军后，朱元璋还要杀光周庄全镇百姓。住在银子浜的读书人叫徐民望挺身而出，要到南京告御状，要求皇帝赦免周庄老百姓。照明朝规矩，告御状的人，不准状纸，杀头；告准了，也要杀头。徐民望为了周庄百姓性命，情愿拼死到南京滚钉板。他前后两次在午朝门喊冤枉。好杀成性的朱元璋生怕动民愤，就御书五个大字"你是好百姓"，盖了玉玺，赐给徐民望。

徐民望告准御状，还免了杀罪，整个贞丰里（现周庄）轰动起来。一乡百姓全部得救，放爆竹敲锣鼓，把徐民望高高抬起游街庆祝。直到现在，周庄老百姓还要讲起徐民望。

（口述者：徐培荣、张锦钊；采录者：邱维俊、张寄寒；1980 年采录于周庄镇）

唐伯虎的传说

唐寅（1470—1524），字伯虎，一字子畏，自号六如居士，苏州人。明代书画家、文学家。他是“吴门画派”的创始人之一，与沈周、文徵明、仇英被合称为“明四家”。在文学上，他与祝枝山、文徵明、徐祯卿被合称为“吴中四才子”。他在艺术上享有很高的声誉，自称“江南第一风流才子”。他画的山水、人物、花鸟，工整秀丽，飘逸淡雅，特别是仕女画，形象美丽生动，神采奕奕，活灵活现。正因为他才华出众，艺法高超，名声响亮，有关他的传说故事也就多起来。《明史·唐寅传》等说他“文才轻艳”，“放情诗酒，寄意名花”。后来的许多文人墨客在著书、编剧、评弹中也把他描绘成一个追逐女人的花花公子。其实，唐伯虎出身贫寒，一生坎坷。他“少有隽才”，16 岁中秀才，29 岁中解元，30 岁牵连进一场“科场舞弊”的冤枉官司，身陷囹圄，仕途和家庭都遭受沉重打击。从此，他看透了官场的黑暗和世态的炎凉。他一生的艺术创作活动，主要是在苏州进行的，因此，唐伯虎的传说在苏州家喻户晓。苏州评弹《三笑》，说的是唐伯虎点秋香的故事，影响极大，唐伯虎的形象因此而被异化。香港电影故事片《三笑》放映以后，唐伯虎色眯眯的形象，更引起不少争议。好友潘君明多年搜集唐伯虎的传说，在 20 世纪 80 年代初即汇编成册，1993 年得以充实，由古吴轩出版社正式出版，书名《唐伯虎外传》，收集的唐伯虎民间传说达 50 余篇，嘱我写序。在序言中，我开宗明义地提出为唐伯虎翻案，认为潘君明搜集的民间传说，不但为明代大画家唐伯虎正了名，同时也为民间文学正了名。其实，历史上的唐伯虎是怎样的人，早有定论。他的书画价值珍贵，现为国家收藏的重点文物，在民间更被视为稀世珍宝。然而，关于唐伯虎的奇闻逸事竟一代一代流传下来，以致面目全非，这种现象倒也值得深思。例如，在有的文艺作品中所看到的唐伯虎，有八九个老婆，调戏妇女的把戏数他最精，玩弄起骗术来也属他最聪明，唐伯虎在天之灵听了，也要鸣冤叫屈，这真叫人哭笑不得。当这种作品受到责难时，竟有人说："这是民间传说故事嘛，又何必顶真呢。"好像民间传说故事就可以胡编乱造，为所欲为。韩德珠同志曾从她的外祖母来筠口中记录了一个《〈九美图〉和〈十美图〉》的故事，内容始终围绕唐伯虎的绘画展开，这里也描写了唐伯虎的风流倜傥的一面，但表现的是他在艺术上的执着追求，并没有流于庸俗。如果撇开他的书画艺术，去编造一些他的风流韵事，那所表现的，就不再是真实的唐伯虎，很可能是另外一个典型人物。评弹《三笑》刻画人物有许多成功之处，口头艺术的吸引力很强，但此唐伯虎已与历史上真实的唐伯虎相差十万八千里，普通市民，一般听客，竟也接受了这样一个"唐伯虎”，这就是评弹的魅力了。但是，民间传说中的唐伯虎绝不是这样的。

《九美图》和《十美图》

有一天，好友祝枝山来到唐伯虎家，见他正在挥笔画一幅山水立轴，远的山，近的水，云雾飘啊飘，十分生动，就打趣道：“老弟，你的山水画得不错，不过，画起仕女来恐怕就差点了。”唐伯虎年少气盛，听了不服气，说：“我的仕女画有哪些不好？”祝枝山见唐伯虎认了真，就笑笑说：“你画一般的仕女没有意思，要是你能在一年之内，把苏州城里有名望的十位小姐，画成十张美女图，我就服你了！”唐伯虎被祝枝山一激，没有仔细思量，就满口答应了。为此，两人还赌了输赢。

送走祝枝山，唐伯虎细细一想，才知上了当。试想，大家闺秀，平日大门不出，二门不迈，这十张实有其人的美女图到哪里去画？因此心中闷闷不乐。书僮唐兴十分伶俐，当下献计：“相公，依我看画十张美女图也不难，每逢初一、月半总有人去玄妙观烧香，烧头香的往往是些大家闺秀。你和观里老当家是棋友，可以早一天住在观里，打扮成小道士模样剪剪烛花，敲敲钟磬，不就看得一清二楚了吗？”唐伯虎一听有理，就照着去做了。

春去秋来，唐伯虎果然画好了八张有名有姓的美女图，心中十分得意，感到这次一定要叫老祝大吃一惊。

又是一个十五快到了，唐伯虎照例带了唐兴住到玄妙观。一早，只见有个姑娘，一身青衣布裙，头上还插着一朵鲜花，眉清目秀，十分动人。唐伯虎定睛细看，原来是桃花坞街上豆腐店里的姑娘阿桂，他心中一慌，“当啷”一声，烛剪掉到了地上。阿桂正要拜神，见此情景，不由抿嘴一笑。唐伯虎见她微笑，以为阿桂认出了他，一时手足无措。阿桂见小道士的慌忙样子，又是一笑。唐伯虎更慌了，连烛剪也不敢拾，急忙向殿外退走，不想正碰在刚进殿来的老当家身上，不由“哎呀”一声。阿桂看到这副样子，回头又是一笑，就是凭这“三笑”，后来有人编出了《三笑》的故事。

唐伯虎回到家里，在书房作画，娘子陆昭容对画仔细一看，皱着眉头道：“这不是豆腐店里的姑娘阿桂吗？”唐伯虎就将如何与祝枝山打赌之事详细告诉了她。陆昭容埋怨唐伯虎道：“这些美女图，画的都是名门闺秀，要是给祝枝山拿了去，不知又会弄出什么事来。你千万不能给他，以后再也不可以去偷画美女了。祝枝山来了，我自有话回答。”

约期到了，唐伯虎的美女画像还差一张。这天，祝枝山果然兴冲冲地来到唐家。唐伯虎按照陆昭容的吩咐，拿出一沓美女画像，一幅幅地展开，让祝枝山过目。正看到第九张时，只听一阵脚步声，陆昭容一本正经地走了进来，对祝枝山说：“祝大爷，唐寅年轻，不懂事体，你作长兄的不教他循规蹈矩，反而叫他去画大家闺秀，张扬出去，叫我们相公有何脸面见人！唐兴，还不快快将这十幅图画拿去烧了，免得日后招惹麻烦。”唐兴早已心中有数，一声答应，将画一捧，拿到天井里一把火烧了。陆昭容也怒冲冲地回房去了。祝枝山只好灰溜溜地回转家里。

《九美图》和《十美图》

其实，这是陆昭容的一计，《九美图》一张也未曾损伤，烧毁的只是唐伯虎平日的废画稿。这么一来，银子并没输掉，《九美图》也流传了下来，据说在清代末年还有人看见过呢。

唐伯虎与祝枝山的打赌，虽然后来一笑了之，但他心里总觉得不畅，毕竟没有将《十美图》画全。一天清晨，唐伯虎在梳妆台旁看着娘子陆昭容对镜梳妆的情景，忽然触景生情：真是踏破铁鞋无觅处，得来全不费功夫。要是让娘子给我作画中人，岂不妙极！他喜滋滋地对陆昭容说明心意。陆昭容一听丈夫的话，羞得粉面通红，口里连连说："这如何使得！倘若传扬出去，不但人家要说相公轻薄，连我也没脸见人了！"唐伯虎说："闺房作嬉，人之常情。我若将娘子花容留传后世，岂不是一段风流佳话！"陆昭容禁不住唐伯虎横打躬，竖作揖，缠得没法，只得说："相公一定要画，那就画张背影，使人家见了也认不出来。"陆昭容的意思是：从古以来，画人哪有画背影的，这么说，可以扫了丈夫的画兴。哪知唐伯虎一听，连连拍手称妙："娘子真是绝世聪明，我作画多年，倒从未想出过这等新意。"因话已讲出，陆昭容只得随丈夫来到后花园，面对荷花池，撒花嬉鱼，让唐伯虎作画。这一次，唐伯虎给妻子画了一幅《美女嬉鱼图》。唐伯虎与陆昭容朝夕相处，十分熟悉，所以处处画得惟妙惟肖，笔笔透露出陆昭容独有的神韵，看了真令人拍案叫绝，因此此图位居《十美图》之首。

本来故事可以结束了，哪知这张图画得太好，到了后来，又引出一段逸事来。

那是在清朝乾隆年间，有个读书公子，从一家败落乡绅的子孙手里买到了这幅画。见画后，他如醉如痴，越看越爱，心里想：这位美人背影这么动人，正面更不知何等标致！从此茶不思，饭不想，口口声声念着："美人儿，你怎么不回过脸来？"

家里人见他日益消瘦，着急万分。请了医生，都说心病需要心药医，否则药石不能奏效。有个聪明人想了个办法，趁那公子昏睡之时，将画调换了一幅，景物衣饰均同，美人却是正面的。那公子一看，画中人十分平常，一场相思就此断念，病也渐渐好起来了。

所以，人家说，唐伯虎的画是活的，一张背影图还害后世人生了一场相思病哩。

（口述者：来筠；采录者：韩德珠；1960年9月采录于苏州）

红　梅　图

苏州太湖边光福镇的邓尉山，有"香雪海"的美称。每逢农历正月、二月里，山上山下梅花盛开，香飘十里，吸引了不少游客。这里的梅花为什么这样有名气呢？其中有一段故事。

好多好多年以前，苏州城里有一个做大官的，千方百计弄到了一幅唐伯虎画的《红梅图》，特地做了一只香樟木画箱，再加上一把黄铜锁，当宝贝一样把画藏了起来。就这样，一幅好画在箱子里锁了十几年。

这一日，他五十大寿。亲眷朋友晓得他喜欢画，就送来勿勿少少好画向他拜寿。他叫人把画挂在厅上，让客人们一边喝酒一边欣赏。主人三杯酒落肚，兴致上来了，哈哈大笑说："各位，这几幅画果然是好，不过，和我那幅唐寅的《红梅图》相比，差远了！"

亲眷朋友晓得他有这幅宝画，今朝趁他高兴，就众口同声说："这《红梅图》虽好，可惜勿曾见过。今朝老兄华诞，让我们赏鉴赏鉴，饱饱眼福。"

这个大官话已出了口，只好答允。叫人到书房里把画箱拿出来，打开锁，把《红梅图》挂在厅堂中央。哪晓得大家一看，呆脱哉！为啥？原来好好一幅《红梅图》，现在只剩下几枝稀稀落落、歪歪斜斜的枯枝，枝头的梅花也已纷纷谢了，留下的三两朵也变成暗灰色，一点光彩也没有了。他一气，就把画扯下来，甩到墙外去了。

再说光福邓尉山有一位花农，叫梅佬佬。这天，俚到苏州城里来卖花，正巧走过这条弄堂，看见泥路上有一张画，就连忙拾起来。一看，上面画着梅花，画上沾了不少湿泥屑，梅佬佬就拿回家去仔仔细细地把泥揩干净，放在太阳光下晒一晒，就在自家黄泥墙上挂了起来。说来稀奇，这幅《红梅图》在木匣子里藏了十多年，现在经过沾泥浸水，阳光一晒，画上一朵一朵红梅又盛开了。佬佬越看越觉得眼目清亮，他把山上种的梅树，都照画上的红梅修修剪剪。日子一长，他种的梅花越来越好看，远近闻名。

村上的乡邻，也都来学样，邓尉山的梅花越种越好，名气也越来越响。这消息传到苏州城里，每到开春辰光，大家都要到邓尉山去看梅花。风声传到那个做官人家耳朵里，这个大官也乘了八人抬的大轿去凑热闹。

这一日，他到了邓尉山，只见山上山下、屋前屋后开遍了梅花。登高一望，白如雪，花如海，觉得果然名不虚传。他走到一个村子的边上，来到梅佬佬屋边，看见这里种了不少红梅，修剪得像画屏一样。踏进梅佬佬家，一眼看到黄泥墙上挂着一幅画。这幅画好面熟啊！再一看，这不是那幅唐寅的《红梅图》吗?!怎么会到这里来了呢？为啥又变成鲜艳夺目满枝红梅了呢？他就走上去一把将画扯下来。佬佬看见有人竟敢光天化日闯进屋来要抢走自己最心爱的画，立即冲上前去。一个抢了要走，一个拉住不放，两个人你争我夺，一用力，一张宝画就被扯碎了！乡邻四舍听见争吵都跑了过来，只见一个当官的人来抢佬佬的画，火都冒起来了。好，你要强抢，我们也就不会对你客气，所以有的拿镰刀，有的拿锄头，准备跟他拼命。那个当官的一看触犯了众怒，吓得屁滚尿流，在一片喊打声中，赶紧钻进轿子逃走了。

《红梅图》从此失传了。邓尉山上的梅花却越开越盛，名声越来越响，“香雪海”就此扬名天下。

（口述者：来筠；采录者：韩德珠）

画杨梅

有一年初夏，唐伯虎到东山去游玩。东山坐落在太湖边上，风景绝胜，气候适宜，出产的杨梅最为著名。

唐伯虎整整玩了一天，走下山来，感到有点吃力，嘴里干燥，便来到一户农家门前，向坐在门槛上的一个老农讨杯茶水喝。老农倒很好客，说：“来来来，随我到屋里坐。”

唐伯虎说声：“多劳。”跟着跨进堂屋，在矮凳上坐下，抬头一看，只见墙上挂着一幅宣纸，没有画画，感到有点奇怪。正在端详之时，老农从里屋端来一盆杨梅，请唐伯虎吃。唐伯虎连忙起身道谢：

“老丈，怎敢让你如此破费。”

老农笑呵呵地说：“自家种的，不值铜钿，只不过杨梅生津，吃这个比喝水更能解渴罢了，不要客气，你快吃吧。”

唐伯虎这才重新坐下吃起杨梅来，边吃边随口问道：“请教老丈，这无画的宣纸，挂它作甚?”

老农道：“实不相瞒，我听说唐伯虎要到东山来白相，特地买了一张宣纸，坐在门口等候，想请唐伯虎画画哩!”

唐伯虎知道老农不认得他，也不表明自己身份，只是说道：“既然老丈爱画，让我来献丑吧。”不等老农答话，只见唐伯虎吃一颗杨梅，把核往宣纸上一掷，吃一颗杨梅，把核往宣纸上一掷。老农急得直跳脚，气吼吼地说道：“相公，我好意用杨梅款待你，你为啥拆这个烂污？把纸都弄脏了!”

唐伯虎笑道：“老丈，正因为你人好，我才这么答谢你。请老丈放心，晚生包你有一幅好画。”说完，从盆里拿起几片杨梅叶，撕碎了往宣纸上一撒，向老农作个揖，站起身就告辞了。

老农又是无奈，又是惋惜，凑近宣纸一看，尽是点点紫红迹，哪里像画呀！可跑远一看，哈哈，画的是一棵杨梅树，活脱活像，那浓绿的树叶重重叠叠，满树挂满了杨梅，比真的还要好看呢!

老农越看越高兴，把画拿出门外，挂在门口的竹竿上，叫大家都来看。霎时间，引来了许多游人，外三层里三层地围观那幅画。有个内行的人说道：“这就是唐伯虎的画呀!”

老农猛然醒悟道：“啊，原来他就是唐伯虎呀!”这时，忽然来了一阵黄梅雨，老农慌忙把画收起来，一不当心，那张画失手落在地上了，没等老农弯腰拾画，画上的那杨梅树，已经落地生根，长在地上了。老农又高兴起来，立即到树上去采下杨梅分送给大家吃。

大家吃着又大又甜的杨梅，好似喝了糖水似的，特别甜美。因为这树是唐伯虎画的，“糖”与“唐”同音，大家就给这树起了个名字，叫“唐梅”。后来，“唐梅”的种子传播开来，种满了东山。所以，东山的杨梅特别甜哩。

（口述者：潘生；采录者：潘君明；1981 年 4 月采录）

当　画

唐伯虎是个穷秀才，家住苏州桃花坞。家里穷，经常有柴没米的。这年八月半，家里又没有钱用了。唐伯虎打算画张画，拿到当铺去典当。他铺开宣纸，拿起笔来，就照着当晚的景色，画了一株丹桂，花开满树，树东头一轮月亮，圆得像一面镜子。唐伯虎画好画，自己看看蛮满意，随即将画卷卷好，第二天一早就拿到当铺里去了。

唐伯虎走到柜台旁边，一边呈上画，一边说道：“老板，这幅画能当多少银子？”老板接过画卷，打开一看：一轮明月圆如镜，满树桂花飘清香，真是一幅好画呀！像这样的好画，足足可以当得五十两银子，但是，老板有心要刁难唐伯虎，说：“看在你秀才份上，当个十两吧。”

唐伯虎知道这老板的心思，也不想多要，说道：“十两就十两，等十天以后，我来赎回就是了。”

老板一听唐伯虎十天以后要赎回这幅画，心里倒有点急起来了，当即生了一计，说道：“可以可以，不过按照小店规矩，月利五成，逢节加倍，十天算作半月，到时来赎，要交十五两银子。”

唐伯虎一听，这不是存心敲诈我吗？天底下哪有这么高的利钱！想了一会，说：“十五两就十五两，不过丑话说在前头，我这幅画可是精品，你要给我放好，如若变了色走了样，那要论价赔偿。”

老板听唐伯虎说完，心里暗自好笑：真是一个书呆子，好端端的一幅画，十天半月那里会变色走样，就说道：“一定放好，假使变色走样，小店情愿赔出二百两银子。”

“那就一言为定！”

“一言为定！”于是当票上写明：当画一幅，画上有一轮满月，一树桂花，如若变色走样，赔银子二百两。

到了八月廿五，唐伯虎果然到当铺来了。老板一见，心冷了半截，到手的东西又挖出来，真正不情愿，但又没办法，就把画卷拿在手里，伸出另一只手，说：“十五两银子拿来！一手交钱，一手交货。”

唐伯虎说：“莫慌，你且把画打开来看看，如若不曾变色走样，我自然给你银子。”

老板有意奚落他说：“好、好、好，小店准赔你二百两。”一边说，一边把画卷打开来，依然是月亮桂花树，便对唐伯虎说道：“你看，一点也没有变色走样吧？”

唐伯虎眼睛朝画上一瞄，微笑着说：“老板请看，画上原先是八月十五的月亮，满月生辉，月下一株丹桂，花开满树，现在呢？月亮只有一丝月牙了，光彩也暗淡了；丹桂呢？满树的花也谢了，香气也没有了。这不是变色走样了吗？！”

老板仔细一看，大吃一惊，再看看当票上，写得明明白白：“一轮满月，一树桂花”。老板要张口辩白，又没有理由，呆顿顿地说不出话来，最后只得自认晦气，赔出了二百两银子。

原来，唐伯虎有一支神笔，画出来的画是活的，画中的景色跟着时间节令变化。八月十五满月，到了廿四五当然变成蛾眉月了。八月十五桂花盛开，过了十天，花自然也要谢了。

（口述者：潘生；采录者：潘君明；1980年8月采录）

涂壁戏县官

有一年冬天，唐伯虎在家里作画，忽然，衙役送来一张请柬，拆开一看，是县官亲笔写的，请他到县衙去赴宴。

唐伯虎不喜欢攀高附上，看了十分恼火：“嘿！黄鼠狼给鸡拜年——没安好心。”他把请柬往地上一丢，自己只管作画。但转念一想：不好。自己是从监牢里放出来的，如果得罪了县官，必定来找我麻烦。不如去了再说，见机行事。

唐伯虎忍气到了县衙，只见衙门内张灯结彩，十分热闹。客人来了不少，尽是文人雅士，秀才举人。县官见唐伯虎来了，格外高兴，吩咐马上开宴。

原来，这个县官不是进士出身，是用银子捐来的。他腹中空空，并无真才实学，但要假充斯文，结交文友，弄点名人书画，装装自己的门面，今天请唐伯虎赴宴，就是这个缘故。

酒过三巡，县官乘着酒兴，兴致勃勃地说：“本县新造了一座读书楼，样样具备，独缺书画，要请各位赐教呢。今天解元公也在这里，少不得也要赏赐墨宝哩！”县官以为唐伯虎会站起来应酬讲几句客气话，不料唐伯虎一声不吭，只管喝酒。县官无奈，只得走到唐伯虎眼前，说道：“解元公，你给我画书房里的吧，其他地方么，”县官指指大家：“全由他们包啦。”唐伯虎望望县官，还是不开口，心里想：真是倚权弄势，名为请，实是逼呀！

酒席一散，县官把唐伯虎带到书房，指着墙壁说道：“本官布置书房，想别具一格，这四面的墙壁，共有十二垛，都要画上；现在是十一月底，在一个月内画好，就可以过新年啦。”

唐伯虎见县官这样贪心，要画十二垛墙壁，别说一个月，就是三个月也画不好。心中一想，不觉有了主意，当即说道：“根据我的画法，不需要一个月，只要三天就可以了。但有个条件，在三天内不准任何人来书房看画干扰。”县官见唐伯虎答应画画，而且只要三天，也就同意了，并叫人送来了笔墨。

唐伯虎把房门关上，安心在书房内睡觉，没有画画。第一天是这样，第二天还是这样。到了第三天下午，唐伯虎找来一只水桶，把墨泡在桶内，搅得浓浓的；再找来一个拖把，在墙上东一拖，西一拖，横一拖，竖一拖，把十二垛墙壁都拖到了，然后拿起笔来，东勾勾，西画画，就画好了。

第四天早晨，唐伯虎告诉县官，书房墙上的画已经画好，就告辞回家了。

县官十分高兴，急匆匆地来到书房看画。一看墙上，尽是横七竖八的墨涂涂，墨墨黑的。“这叫什么画呀！”县官气得七窍生烟，立即叫来衙役，抬来石灰水，把画全涂没了。

一个月以后，已是新年佳节，唐伯虎特地来“拜访”县官。县官想：你来得正好，我正要找你呢。唐伯虎故意问道："上回在书房里作的画，不知满意否?"县官气呼呼地说："那个画么，全给我涂没啦!"唐伯虎表示万分吃惊，说："可惜！可惜！我花了三天心血，画画的功夫全在上面啦。我画的是泼墨，那十二垛墙上，画着十二月名花，月月能开花哩。你是怎么涂的，让我去看看。"

唐伯虎与县官走进书房，一看，确是全涂没了；但把门一关，门背后的一垛墙上没有涂改，画依然存在。唐伯虎指着这垛墙，对县官说道："你看，这是第十二垛，画的是十二月蜡梅，现在正在开花呢。一朵、两朵、三朵……"县官走上去仔细一看，一点不错。但见花蕾绽放，暗香阵阵，不禁连声赞道："好画呀，好画。"他想起涂画的事，心中十分懊悔："唉！真不该涂掉呀!"

实际上，唐伯虎在其他墙上确实没有画画，是乱涂涂的，只在第十二垛墙上，用心画了一枝梅花。这是唐伯虎有意戏弄县官，县官哪里知道呢!

（口述者：吴敬钟）

寻 斧 图

有个浪荡公子，只因自幼赖学，弄得目不识丁；长大后又是花天酒地，把家财都败光了。他父亲拿他没有办法，临终前给他一张画，说："这是祖上传下来的一张宝画，千万不能卖掉呀!"

浪荡公子没有钱用，就想起了这张画。拿出来一看，画上画着一个樵夫和一担柴草。心想：这是什么宝画，不如卖掉换酒吃。他把画挂在门口，可是一连挂了十多天，也没人来问一问。

这一天，来了一个古董商，一见这画，大为吃惊：啊，是唐伯虎的《寻斧图》！画面上有个樵夫，两手交叉放在胸前，头略抬，眼睛望着远去的山路，他斫柴的斧头不见了，正在凝思寻斧呢。这幅画画得十分传神，在柴草里边，盖有“唐寅”的印章，不过粗心人是看不到的。

古董商早就听说过唐伯虎有幅著名的《寻斧图》，就是不知在哪里，今日见到了，心里十分高兴。他问浪荡子：要卖多少银子？

浪荡公子想：挂了十多天没人要，你要买么，我索性开个大价，看你怎样？就说：“卖五十两”。

古董商一听，说：“好，好！五十两就五十两，只是我今天银子带得不多，明天我一定来买。”

古董商没有还价，还满口应承，浪荡子被弄得莫名其妙。他心想：这画怎么这样值钱，不如去问问他人。他找来一个好友，谁知这个好友虽然读过本把书，识得一些字，但根本不懂画经。他看看画，假充内行地说：“这上面写的是《寻斧图》，画上没有斧头，所以值五十两，要是有了斧头，那就更值钱了。”

浪荡子十分贪财，就说道：“那就麻烦老兄，在画上添一把斧头，明天多向他要点银子，我们能买酒吃。”好友就拿起笔来，在樵夫的腰里画上了一把斧头。

第二天，古董商来了。浪荡公子把画卷拿出来，说：“昨天这画上没有斧头，卖五十两；今天画上有斧头了，要卖一百两。”

古董商仔细一看，果然画中的樵夫腰里多了一把斧头。便叹口气说道：“唉！没有斧头，才值五十两哩，有了斧头，送给我也不要了！”

浪荡公子着急起来，忙问：“为啥呀？”

古董商道：“因为没有斧头，所以叫《寻斧图》，有了斧头，还寻什么斧头呀？原来是张名画，现在没人要了。”

（口述者：吴敬钟）

金圣叹的传说

金圣叹（1608—1661），初名采，字若采，明亡后改名人瑞，字圣叹；一说本姓张，吴县（今江苏苏州）人，明末清初文学批评家。他评点过《水浒传》《西厢记》，影响很大，不但确立了小说和戏曲在文学史上的地位，而且确立了“评点”这种批评方式在文学批评史上的地位。他取名“圣叹”“人瑞”，足见其自负极高，狂放不羁，世人亦称之为“怪才”。他每逢应试，总是恃才傲物，作怪诞之文，甚至嘲讽考官。采衡子在《虫鸣漫录》中记道：“每遇岁试，或以俚辞入诗文，或于卷尾作小诗，讥刺试官，辄被黜，复更名入泮，如是者数矣……。”民间流传的此类传说很多。

王之将出

清朝重视科举，金圣叹心里反对，他常常借考试的机会，捉弄那班庸才腐儒。

有一次逢到开科，金圣叹换了一个名字叫“金人瑞”，也来到学宫参加考试。时辰一到，考官郑重其事地出了一个题目：“王之将出”。

金圣叹提起笔来，没有写一个字，只在纸上画了五个圆圈，中间一个大的，两旁边各有两个小的，就交了卷。

考官刚刚出题，就见有人交卷了，觉得奇怪。拿起考卷来一看，真弄得莫名其妙，立即叫金圣叹上来问话。金圣叹不慌不忙地回答：“你没有看过戏吗？戏台上大王将要出场，不是有四个跑龙套的站在戏台两边吗？”考官被他说得哑口无言，哭笑不得。

孔夫子和财神爷对调

一日，金圣叹正在闭门读书，听到门外吵吵闹闹，推开窗户一看，原来是一些应试未中的考生，在那里大发牢骚。只听见有人说：“现在考官不凭文才，只要有铜钿就可以录取，读书人今后还要读啥书呢？”金圣叹听了这番话，心里着实气恼，就半开玩笑地对大家说：“照这样子，学宫里的孔夫子可以和财神爷对调了。”大家一听都说：“对！”就一起哄进学宫，把学宫里“至圣先师”的牌位抬进了财神

孔夫子和财神爷对调

庙；把财神老爷的塑像扛进了学宫。

这件事轰动了整个苏州城，官府要捉拿领头闹事的人。有人说这是金圣叹出的主意。官府早就想拔掉这个眼中钉，现在有了把柄，立即捉了金圣叹，判他“冒渎至圣”的罪名，要把他斩首。

阿 唷 哇

处决金圣叹的文书京里批下来了，监斩官从监牢里把金圣叹提出来，押到刑场准备处斩。

临刑前，金圣叹对刽子手说：“我有一物相送，不过有一个条件，杀头时请你要干净利落些，免得拖泥带水不好受。”刽子手就问金圣叹东西在哪里？金圣叹紧攥住拳头说：“在手心里，等一歇头斩下来后，才能掰开手看。”

时辰一到，刽子手一刀挥下，杀得很利索，“喀嚓”一声，金圣叹人头落地。刽子手杀完人，连忙掰开金圣叹的手，只见他手心里写了三个字：“啊唷哇。”原来金圣叹临死前，跟官府又开了一次玩笑。

（口述者：沈阿盘，男，80岁，苏州市社会福利院老人；采录者：金煦、何菊森；1961年采录于苏州社会福利院）

叶天士的传说

苏州历代出名医。现在，苏州的中医因为得到传统的丰厚遗产，仍然声震四海。救死扶伤的医生，始终受到人民的崇敬和爱戴。苏州民间流传的名医的故事很多，其中叶天士的传说流传最广，深入人心。

叶天士（1667—1746），名桂，字天士，号香岩，清代吴县人。家系世医，历代以医术名闻四方。叶天士从小承家学，聪明好学，博览群书，虚心求师，兼采各家之长，著述甚丰，终于成为一代名医。民间的传说故事把他说成是一位神医，不但医术高明，而且人品高尚，扶贫济弱，虚心诚恳，正是人民所期望的好医生。

说死就死

有一家米店的师傅，刚在店里吃仔三碗饭，望见叶天士的轿子从门前过，俚要开开玩笑，猛地从窗子里跳出来，奔到轿子跟前伸出一只手讲："喂，老倌！把把脉，看看我啥辰光死？"叶天士把手一搭脉，对俚看看说："不到半夜丑时就要死！"米店师傅一听，哈哈笑起来哉："啥?！我刚刚还吃仔三碗饭哩！怎么会死呢?"叶天士讲："你刚吃饱仔肚皮，猛朝外一跳，肚肠已经崩开哉，我也呒不办法医。"

果然，不到半夜丑时，米店师傅真的死脱哉！

死人复活

一天，叶天士乘轿从街上过，看见几个人抬了一口棺材过街，从棺材里滴出一滴血来。"咦！这血怎么会是鲜红鲜红的?"叶天士停了轿子问哉："棺材里的人是怎么死的?"抬棺材的人回答："是生小人难产死的。"叶天士听了便讲："我来救活俚！"棺材抬转去，开棺见尸。叶天士用针在女人胸口上一针刺下去！只听"哇！"的一声，女人肚皮里小人生下来哉，女人也活转来哉。

啥道理呢？原来这女人得的叫"捧心死"。小人在肚皮里一只手抓牢女人的心脏哉，一针刺下去，小人手一缩，便生下来了，这就叫"碰心生"。

（口述者：陆涵生，男，62岁，苏州红木雕刻厂老工人）

死人复活

以毒攻毒

有一日，有个网船上的渔民肚皮痛哉，跑到叶天士屋里去讨药。恰巧叶天士不在屋里，叶天士的女人心里想：“一日到夜生意呒不，讨药的人倒勿少！”便随手从药瓶里拿点药，给了网船上的渔民。过一歇，叶天士回转来，看见药瓶被动过了，便问女人。女人一五一十讲了，叶天士一听，急煞哉！原来瓶里是砒霜，送药勿是救人，是害人哉。女人听说是砒霜，也吓得魂灵出窍，两人急得一夜天勿曾困。趁天未亮，把家中细软收拾收拾，要想逃走，怕犯人命案。

快天亮辰光，外头有人敲门，夫妻两个心里急煞，门越敲越紧，叶天士女人只好去开门。哪晓得门外进来的就是昨日来讨药的渔民，手里拎仔一只篮，篮里盛仔好多鲜鱼，说是昨日吃了叶天士送的药，肚皮痛仔一歇就好哉，今朝是来给叶先生送礼的。叶天士心里好奇怪，连忙把渔民唤到屋里，详细问俚。渔民就一五一十讲给叶先生听。原来俚在垃圾堆里拾着仔一只风干鸡，拿回去烧烧吃脱哉，哪晓得吃过就肚皮痛得没有办法。叶天士一听，懂哉。俚晓得这只风干鸡一定被蜈蚣咬过了。民间有一句话：“鸡吃百脚，百脚吃鸡。”雌蜈蚣在风干鸡身上下了子，人吃了就要中毒。这个病只有吃砒霜，以毒攻毒，才能将肚里的毒气打下来！

叶天士经过这桩事情以后，又懂得了一种“以毒攻毒”的医病方法。

重背药箱

叶天士名气越来越响哉。有一日，有个江西贩木材的客人，到苏州做生意。这个江西客人患仔肺病，听说苏州叶天士名气响，便去看病。叶天士一看到俚便说："倷快点转回家去吧，转得快点可以到屋里，转得慢点就要死在路上！"

江西客人一听自家病呒不办法医哉，便恳求叶天士，死马当活马医，找些药给他吃。叶天士硬邦邦对俚讲："我看过的毛病，说不好医，就一定勿会好哉！"接着又说："啥人能医好你的病，你来拿我的招牌掼掉好了！"江西客人的心也灰了，只好回转去。

江西客人在苏州卖了木材，赚了不少钱。一路回转去，到一个码头，就拼命用铜钿，拼命白相；以为自家反正要死快哉，省下来铜钿也勿派用场。这一日，俚来到镇江，想起金山好白相，便下船登金山。俚在庙里吃了一顿素斋，老和尚拿出化缘簿来，江西客人提起笔就写仔一千两。俚放下笔，又长叹仔一口气。老和尚觉得奇怪，以为俚写的太多，又懊悔哉，便说："客人写多了勿要紧，减少点也可以！"江西客人对俚说："我勿是为仔铜钿写多了，是因为我自家不能久于人世哉！"老和尚忙问："为啥事体？"俚讲："我已病入膏肓，连苏州叶天士也回头哉！"老和尚一听，便问江西客人病源，还替他搭搭脉，然后摇摇头说："这个病是呒不救哉，叶天士果然名不虚传。"江西客人雪上加霜，心里更加结仔冰哉！那晓得老和尚突然碰了一记台子，大声讲："还有一线希望！"江西客人听说还有一线希望，忙恳求俚帮助。老和尚问："倷是乘船来的，还是陆路来的？"江西客人回答俚是乘船来的！老和尚说："蛮好！"这辰光齐巧八九月天气，秋高气爽，瓜果上市。老和尚叫江西客人去采办一船生梨，乘船回转去；叫俚每日困勒生梨上，坐勒生梨上，嘴干吃生梨，肚饥吃蒸梨，一船梨吃到江西也差勿多哉！

江西客人半信半疑，想想自家反正没救了，不妨试试看，便依着老和尚的办法做哉！

隔仔一年，有一日叶天士的门口来仔一群人，为首的一个一定要把叶天士的招牌掼脱！叶天士问俚为啥事体？这个人操一口外乡音讲："你不认得我了，你说我要死在路上，假使活转来，可以把你的招牌掼掉！"叶天士这才想起这位江西客人，心里好奇怪，便劝俚："你打尽管打，掼也尽管掼，我要问你几句话，你的病怎么会好的？"江西客人把金山寺老和尚叫俚吃梨困梨的事说了一遍。叶天士听了，懂道理哉，原来这位客人的肺病，得仔梨气好哉，梨是清肺格！

叶天士呒不闲话好讲，招牌拿掉，重新背起药箱，决心再去学医道。俚去镇江金山寺寻老和尚去哉！

叶天士来到金山寺，不报自家真名实姓，只在寺里做个香火，平日总是细心察看老和尚怎样给人看病。俚在金山寺待了两年多，搭老和尚谈得蛮投机。老和尚见他人好，慢慢地就叫他替自己写药方子。

有一日，山下有个人患肚皮痛，来找老和尚医病。老和尚正巧不在，叶天士详细问了病情，原来也是吃了蜈蚣子，就开了一张两钱砒霜的方子，叫他拿走了。这个病人走到半山，齐巧碰到老和尚，便拿出药方子给老和尚看，问俚开得对勿对？老和尚问明情由，一看方子，心里明白哉，便在方子上改了一下，将二钱改成三钱。

老和尚回到庙里，便叫叶天士到跟前来，向俚讲："你是苏州的叶天士哇！?”叶天士心里奇怪：“你怎么晓得我是叶天士？”老和尚讲：“除了叶天士没有人敢开那张方子。”叶天士也勿抵赖，就把离开苏州，重背药箱，远道寻师的事说了一遍。老和尚听了，心里蛮受感动，便对俚讲：“我看到方子上开二钱砒霜，就晓得是你。你胆子还小点，还要叫病人肚皮多痛一夜天，这位病人蜈蚣子吃得多，你开的太轻。”叶天士一听有道理，忙要追上去改药方子，老和尚说：“我已改成三钱哉！”叶天士向老和尚学了三年，才又回到苏州挂牌行医。

苏州有一句俗语：“叶天士也要背三年药箱”，就是教育人们要虚心学习。

（口述者：金海林，苏州拉丝厂老工人；采录者：金煦、韩德珠；1963年10月采录于苏州）

橄　榄　苗

有一年十二月二十四日，家家户户都忙着过年。叶天士在外巡医数月，这天正匆匆赶路，准备回家同亲人团聚。

当他走到靠近苏州平门外的一处地方，只见一家破草屋门口，熙熙攘攘，挤满了人。叶天士上前，想问个究竟。众人一看，都欢呼起来：“天医星来哉，有救哉！”叶天士一听，赶忙穿过人群，进屋一看，一个三十岁模样的男人上吊自杀，刚给救了下来，喉咙里勒浪转气，身体还不能动弹。叶天士马上在药箱里拣了两颗丸药，给那人灌下去，不一会，那人睁开了双眼。他一看叶天士以及周围的乡亲，明白了是怎么回事，连忙翻身而起，扑通一声跪倒在地，泪流满面地说："天医啊，你今朝虽然救了我王小六，我以后还是活不成，一家五口，死也只是早晚罢了"。

原来，王小六世代贫穷，靠耕种苏州城里石老虎的租田度日，妻子在城里帮佣过活。今年王小六妻子生了第三个孩子，得了产后病，几个月不能上工。治病吃药，还要养活一家五口，拖了满身债，想把田租欠一欠。可地主石老虎逼租逼得紧，不但把仅有的几斗米倒了去，还把租的地收了。三个儿子啼啼哭哭，身上拖一爿落一爿，冻得瑟瑟发抖，讨一些残羹冷饭也吃不饱。王小六给人家做短工，工钱抵了债；过年了，家中缸甏朝天。妻子身体不好，虽然还在上工，但老东家已经放出风声，讲明年不用她了。因此，王小六走投无路，寻到了这一根吊死绳。

叶天士听完王小六一番诉苦，沉吟一下，把褡裢里的诊金倒了一半出来，放在王小六的稻柴铺上，说："你先把这些使用起来，过几天你去拣两篮青橄榄核，拣到后，到城里来告诉我——不必拿来，我有话同你说。"王小六喜出望外，带着三个骨瘦如柴的孩子，连连磕头，围观的人也都感动得连声喊"好先生啊，好先生！"

王小六过了个太平年，年初三便进城找叶天士，告诉他已经拣到两大篮橄榄核。叶天士点点头，吩咐王小六回家后，拣一块向阳的地方种下，好好管理，两个月之后再来找他。

王小六回家后，遵照叶天士的吩咐，在草房旁边拣了一块方台大小的地方，耙松泥土，再放些草木灰，把橄榄核插在泥里，日日看护，夜夜浇水。两个多月后，风和日暖，百草回春，这些橄榄核果然先后生出芽来。王小六兴冲冲地进城告诉了叶天士。叶天士说："等这些橄榄芽长到一寸来长的时候，数好株数，再来告诉我。"

将近立夏，王小六又进城告诉叶天士，橄榄苗已有寸把长了，有的长出了三片小叶子，共计八十一枝。叶天士说："好，你可当心看守好，别让人偷去。如果有人来向你买这橄榄苗，一枝两枝，你可讨高价卖，卖下钱来，给你做本钱，解决你一家的穷困，你说好吗?"王小六心里疑惑，似信不信地说："这是宝贝吗？怎会有人特地向我买呢?"叶天士说："你不用多问，自会有人来向你买的，你可别贱卖了。"

两天以后，果然有人来到破草屋前打听王小六。这人是苏州城一家大地主的佣人。他说："东家老太太得了个咳嗽病，请叶天士看了，开了一个药方，药引子要用两枝青橄榄苗，药店里没有，叶先生指点到你家来买。"王小六用高价卖给了他。几个月时间里，苏州城几户有名的财主、商人、官僚先后都到王小六的破草屋前，花高价买橄榄苗。王小六卖得了一笔钱。最后只卖剩六枝了，王小六和孩子们换上新衣裳，高高兴兴进城去见叶天士，感谢叶天士的救命大恩。叶天士吩咐他把剩下的橄榄苗晒干保存好，等着有用。

又过了几十天，石老虎家的管账先生来找王小六说："大奶奶得了咳嗽病，请了几位医生都不见效，只得请了叶先生，药引子要用橄榄苗，叶先生说你还有干的，你看在老东家份上，给了他吧。"王小六说："老东家逼租的时候你们可不是这样讲，硬把三亩七分地也收了，现在橄榄苗还有几枝，这是宝贝，不能给。"管账先生莫奈何，回去见了石老虎。石老虎为了把老婆的病治好，只得叫管账先生再去，情愿把地还给他种。王小六说："苗还有六枝，要拿三亩七分的田契来换。"那石老虎急于求药，只得叫管账先生用田契和王小六做了这笔交易。从此王小六种田，就再也不交田租了。

这样叶天士诈富济贫，使王小六“起死回生”的故事也就传开了。

（采录者：学农）

梧桐早凋

暑末秋初，天还是很热，叶天士同朋友在梧桐树下下棋。刚下了几步，隔壁一个邻居急匆匆跑过来，一见叶天士，就道：“叶先生！我妻子在分娩，已经腹痛一天，看来是难产，特为来请您去看一看。”叶天士点了点头道：“好，我晓得了，你先回去，我自会来的。”

那人走了，叶天士却若无其事，仍旧和友人继续下棋。朋友说：“老兄不是答应了人家，要去他家吗？”“不！别忙，我们下棋就是。”

那人回家后，一等再等，不见叶天士到来，就又跑来请他，一看叶天士仍旧在安然下棋，急得他拉起叶天士，要他马上就去。叶天士笑道：“你尽管放心，不要急。”

这时，突然一阵风吹来，梧桐树枝摇了几摇，飘下了几张梧桐叶。叶天士随手拣了三张梧桐叶，交给这邻居道：“你放心好了，你先回去把这三张梧桐叶洗净，煎汤给产妇喝下去，小孩就会生下来的。”

邻居只好将信将疑，拿了三张梧桐叶回家，煎了汤给妻子服下，不到一刻工夫，小孩果然顺利地生下来了。

邻居高兴极了，蹦蹦跳跳地跑过来向叶天士报喜。叶天士听了微微一笑。

过了几天，叶天士又在梧桐树下和那个友人下棋，下得正兴浓，对门的一家妻子难产，也来请叶天士去。叶天士听了，立起身来就要走。友人一边拦住叶天士，一边拣了三张梧桐叶子给来人说："把这梧桐叶子煎汤给产妇喝了，准会生下孩子。"回头又对叶天士说："下完这局可望喜讯了。"

叶天士正色道："不！老弟不对！"友人不解道："怎么不对，前几天你不是这样……"。叶天士接口道："前次正是立秋，《千字文》云'梧桐早凋'，梧桐叶有催产的作用。再说上次产妇我平时早已看到过，不是难产，而是时机未到，急也吪啥用，我给梧桐叶叫他们煎汤喝，是缓和一下他家性急的心情，只要瓜熟蒂落，小孩自然会生下来的。对门这家产妇却不同，我早预料难产，所以非得马上就去不可。"友人听明白了，就赶紧帮着收拾棋子。叶天士急着就到产妇家去了。

（口述者：梁云水）

李秀成的传说

李秀成（1823—1864），原名以文，广西藤县人，贫农出身，1851年（清咸丰元年）参加太平军，1858年被封为后军主将，攻破清军江北大营后，次年被封为忠王。1860年，他率军再次大破江南大营，占领常州、苏州等地，在苏州建苏福省，并进军上海。1862年李秀成率军回援天京。1864年7月天京陷落，李秀成被俘，后被清廷杀害。

发生在19世纪50年代的太平天国起义，是中国封建社会长期矛盾的爆发。对于这次农民革命，历史学家和文学家都非常重视。1961年我们曾在江苏省民间文艺研究会的指导下，重点搜集过太平天国民间传说，收获甚丰，出过内部资料集，其中一些优秀作品经过整理，发表于江苏人民出版社1980年出版的《太平天国传说故事》一书中。1991年岁尾，全国有十个省市的专家学者以及台湾的朋友，聚会于广东省花县（今花都区，洪秀全的故乡），纪念太平天国起义140周年。笔者有幸参加这次盛会，聆听了广东省文联主席秦牧同志的开幕词，他说："太平天国灭亡之后，正史多数出自反动的封建文人手笔，当然使尽诽谤、诬蔑的伎俩，使后代难窥真相。然而除了正史，还有野史，除了野史，民间还有另一部历史，那就是由人民口头传述的民间故事和歌谣、俗谚。太平军铁骑驰骋，纵横所及的18省，处处留下可歌可泣、朴质精练、悲壮惨烈、震撼人心的传闻轶事。在历代众口相传中，人民按照自己的所见所闻和强烈愿望，塑造出千百个男女英雄形象，上至诸王、监军，下至伙夫、马弁，大都具有传奇色彩。"的确是这样，流传于苏州的关于忠王李秀成的故事，也充分说明民间文学是一面镜子，反映着历史的真相。多少年来，太平军蒙受"长毛到处烧杀抢掠"的罪名，但在民间传说中说法完全不同。笔者在向这次会议提供的论文中，专门论述了与忠王李秀成在苏州一带建立苏福省有关的传说。从苏福省建立到太平天国因天京内讧而失败，仅仅三年，这真是历史的一瞬间，但忠王李秀成等将领在苏福省建立的卓越功勋，却在历史中留下了不可磨灭的一页。民间传说对于重视历史的真实，往往起到绝妙的甄别作用。比如，李秀成率太平军一路直下苏州，据正史记载，苏州的枫桥到虎丘、山塘一带，商铺民居均被烧毁、抢劫，至今尚留残迹。究竟谁是破坏者？在民间口头传说中自有公论。当地群众以所见所闻流传着：忠王李秀成在未进苏州之前即下令封刀；而"白头军"（清军和地主武装）抵御不住太平军，便到处破坏，杀人放火。太平军一路解救百姓，宣传太平天国的政策，并吸收有觉悟的人参加太平军。民间把很多动人的传说都集中在李秀成身上，如《见山楼》这一传说，就是把李秀成和苏州园林"拙政园"联系起来的；其他传说，也都反映着老百姓对太平军的拥戴。

见山楼

有一年，太平军打进苏州城，领兵的是忠王李秀成。他骑马进城，想要找个落脚办公事的地方。经人指点，来到东北街的拙政园。

李秀成进园一看，亭台楼阁，月门水廊，虽说年久失修，但仍十分幽雅，就想在此地住下来。要住，说来蛮便当，但在园里走了一遭，倒也难寻个妥当的地方，亭子太小，厅堂太大，水榭好看不实用，小阁太高不方便，敞轩透风没遮拦。走了不少地方，没有找到合适的。最后他看到一座楼，建造在假山旁，水中央。虽说是楼，偏偏楼上楼下不相通。从下面平地进去，像上了船；从上面山路进去，像登上山。推窗一看，有山有水，一看便是能人设计，巧匠砌造，与众不同。这就是“见山楼”。忠王一看觉得蛮好，便选中了，住了下来。每天早晨他起床以后，便在楼上推开窗户，四面眺望，远山近水尽在眼底，心胸格外开阔。

有一天，北园有个老农民起早割草，登上了紧靠拙政园院墙外面的一个土墩。他猛一抬头，看到拙政园里的见山楼上，有一个用黄绸包头的人在向外张望。他无心朝这人看看，不料那个人却有心朝他笑笑。老农民感到很奇怪。事后一打听，才知道这个黄绸包头的人，就是大名鼎鼎的忠王李秀成。这消息一传十，十传百。从此以后，每天早上，老百姓都三五成群站在园外的土墩上来看忠王。时间长了，他们碰到什么事情都来找忠王说说。忠王从老百姓嘴里晓得了许许多多

见山楼

事体。

有一次，阊门外山塘街有两个新入伍的太平军，强买了虎丘农民挑进城来的两筐菜。第二天，有人来到拙政园外的土墩上，把这事说给忠王听。忠王立刻派人查明，严肃军纪，处罚了这两个违纪的太平军。这事情传出去以后，便再也没有发生过这种事。大家对忠王也更加敬仰，来看忠王的人更多了，连拙政园外的土墩，也被千人万脚踏平了。

（采录者：钱正）

芦花靴和香鱼干

太仓沿江一带，自古芦苇青青。入秋之后芦苇梢头都是一蓬蓬芦花。一到立冬，沿江农民就摘芦花编鞋，乡民叫它“芦花蒲鞋”，是一种越冬御寒的保暖鞋。

“芦花蒲鞋”怎么会叫成“芦花靴”的呢？这里有着忠王的一段故事。

太平军忠王自从同治初大败清兵洋鬼之后，便在苏州安顿下来，苏州、松江两府地方都受忠王管辖。老百姓呢，当然要交粮交饷，还要为太平军做衣做鞋。因为他们种的大多是沿江盐碱田，产量极低，平时靠捕鱼为生活辅助，所以只好用海鱼充作军饷，芦花鞋充作军需，去向太平军收征官交纳。太平军收征官见他们交上来的竟是鱼干、芦花鞋，说他们有意与忠王捣蛋。沿江农民当然不服，于是就争吵起来。

收征官要把这些争吵的农民抓起来问罪。当时，有个本地人是做监军的，听到这个情况，赶来阻止收征官乱抓人。收征官当然也不服气，说他纵容本地人与太平军为难，于是双方打官司打到忠王那里。

忠王听了双方的陈述，便吩咐把鱼干、芦花鞋拿到大厅上来看看。忠王手下的差官就背了一麻袋鱼干，提了十几双芦花鞋送到大厅。

忠王打开麻袋取出鱼干，拿到鼻子下闻了闻，连说"好香！好香！"接着对收征官说："老百姓肯拿这等香鱼干充军粮，再好也没有。传本王谕旨，鱼干一斤抵大米十斤。"

收征官眼巴巴望着忠王，嘴里只好说："是，是，一切照办。"心里想，一斤鱼干，当地百姓只抵二升大米，弄不懂忠王为啥这样做。

这时忠王拿起一双芦花鞋穿在自己脚上，在大厅上走了几步，又连连说："好鞋！好鞋！穿在脚上又暖又轻便。"接着又传下谕旨说："这是百姓爱护我们太平军将官，凡佐将（即副将、偏将）以上将官，立军功军士，可穿'芦花鞋'进王府见我。一双'芦花鞋'可抵军鞋二双，照此收征，不得有误。"

收征官员口里答应"是，是！"心里更是弄不明白了。明明这芦花鞋只值三个铜板，一双军鞋要值十个铜板。这是怎么搞的？难道忠王变得糊涂了吗？

忠王对着左右的大将官员说道，"我们太平军之所以打胜仗，是因为我们得民心。沿江沿海是个苦地方，能送上鱼干、芦花鞋，我感激不尽，你们代我向太仓沿江父老请罪。今后监军不只整饬军纪，还有权顾问军粮收征。"

两个收征官员果然来到沿江乡下向当地父老请罪，并说忠王感激他们送上的鱼干、芦花鞋，忠王自己也穿了芦花鞋在大厅上走来走去，并且亲口尝了香鱼干，感到很满意。

由于忠王也穿“芦花鞋”，从此当地农民就把“芦花鞋”称作“芦花靴”，同时改做成靴的式样，还加厚了稻草鞋底。“芦花靴”的名称就一直沿袭至今，香鱼干也从此成了当地的土特产。

（口述者：程宗泽；采录者：尹培民）

忠王府门前的石狮子

苏州忠王府门前有一对石狮子，传说，俚原来是活格！

太平天国辰光，忠王府门前要做一对石狮子。有一位老师傅一世只做仔两对半石狮子，俚做狮子用格石头勿是一般青石，而是“响铜石”，用手敲上去嗡嗡响，在太阳光底下会发出一粒一粒亮光，又叫“金狮石”。放在忠王府门前活灵活现，可威风咧！老百姓拥护太平军，经常在门前走来走去，想看看忠王李秀成，也想望望这对石狮子！门前总是热热闹闹格。

好景不长，过仔三年，太平天国失败哉！忠王府变成“八旗会馆”，清朝的官兵整日把守，勿许老百姓近前。只有那对石狮子还冷冷清清蹲在门前，那样子孤孤寂寂的怪可怜。

奇怪哉！有一日，天刚刚亮，有个农民进城卖菜，走过该搭（吴语，这里），像煞看见仔两只狮子活起来勒浪弄白相，就传出去哉，说这对狮子是活格！这一传不打紧，城里城外老百姓，都来给石狮子烧香，清朝的官兵拦也拦不住，忠王府门前又热闹起来哉！据说，老百姓烧香是纪念李忠王格，清朝的官兵要问起来，老百姓就说是来“认寄爷”（吴语：拜干爹）格！

（口述者：顾福林，男，68岁，建筑业老工人；采录者：金煦；1987年8月采录）

按：关于苏州忠王府门前的石狮子，传说很多，1961年苏州《民间文学记录稿初编》第1集（内部资料）有两篇：一篇说这对石狮用的石料叫“铜石”，是苏州城外白石令馆门口搬来的。凿狮子的匠人凿了三代才凿成，敲上去有响声。又有人说是从盘门瑞光寺搬来的。另一篇（《忠王府门前的香火》）则说：忠王李秀成深得民心，忠王走了以后，因为怀念他，百姓便买了香烛到忠王府门口去烧香。清兵阻拦，老百姓就说：“忠王府门口一对石狮子是成仙的，啥人家呒不儿子、女儿，烧烧香就会得子女。”清兵也蛮相信。后来忠王死讯传到苏州，香火更旺了。这风气一直传到抗日战争辰光。这是汪星伯老先生提供的材料。比较起来，顾福林讲述的比较含蓄，意味深长。

人物传说是以历史为依据，借助夸张、想象、虚构、渲染而形成的民间传说故事。从上面介绍的许多苏州历史名人传说中，不难看到这些人物大多有生活原型，甚至是以真人真事为基础敷衍出来的。民间传说有这样的特点，即通过口口相传，不断增加它的传奇色彩。人们在口头流传过程中，凭借自己的感情、愿望和理想，加以创造发挥，加枝添叶地把故事说得更加完整而且富有情趣，更具有艺术魅力。越是流传广泛的传说，其传奇性也越显著，最后把真人真事典型化了，艺术化了，比生活原型更感染人，更有吸引力。哪怕是完全虚构的情节，只要符合逻辑，仍不会失去其艺术的真实性，使人能够接受。这就是民间传说的特点。另外，人物传说总是和名胜古迹紧密相连，甚至附会得天衣无缝，可以把不同时间、不同地点发生的历史事件或人物，捏合在一起，附会于一山一石、一街一亭、一事一物上，巧妙地加以编织，借此来表达自己对人物的爱憎，这是民间传说的一大特点。总之，不能用严格的历史学的眼光来看待形象思维的民间文学的产物，“口传的历史”，不等于历史。但是，艺术创造往往更能反映生活的本质。有些人对民间传说的特点不理解，便责难民间文学是胡编乱造，这实在是一种误解。也确有“胡编乱造”的所谓“民间文学”，不但历史不会承认，在口口相传的过程中，它也必然会遭到唾弃和淘汰。

◎ 民间工艺传说 ◎

自古以来，苏州能工巧匠辈出，工艺美术品驰名中外。在这难以计数的珍品背后，隐藏着许许多多鲜为人知的故事。随着时间的推移，这些故事又衍化成无数的民间工艺传说。

苏州人心灵手巧，工艺技术超群，有如鬼斧神工。他们制作的工艺美术品是苏州文化中厚厚的一笔，让苏州乃至全国为之骄傲。苏州民间流传着许多富有传奇色彩的工艺传说故事，至今仍成为人们茶余酒后的谈话资料，这种现象是其他地方少有的。

手镯的故事

老底子（吴语：从前），苏州养育巷里有一爿新凤祥银楼，生意一直很清淡。冯老板想觅一位手艺高强的银匠师傅，拿出件把稀世珍品，让这爿银楼出出名气，自己也好挣面子，发大财。

这一年农历九月半，苏州老阊门里，从周王庙（也称“玉器庙”）到“玉器桥”一带，人山人海，十分热闹。沿路三步一摊，五步一店，摆满了各式各样精雕细刻的玉器、小摆设、红木小件、金银饰品等，真是珠光宝气，琳琅满目。这些手工艺品吸引了全国各地客商，都纷纷赶到苏州来觅宝。各行的雕刻名手，也来鉴赏观看，互相学习。有的手艺高超的老师傅，就趁此机会大显身手，把最拿手的工艺品摆出来，给人家品头论足。那些老板呢，也趁这个机会来觅人，看到有手艺高超的，就争着聘请。对被聘请到的老师傅来说，这一年的生活也就不成问题了。老板觅到老师傅，那就要“用煞傣”

(吴语：把你用死；不顾死活地用你)，给他赚钞票。

这一日，冯老板为了找一个手艺高的银匠师傅，也挤在人堆里扎闹热，扎到东，扎到西，手艺高的玉雕师傅碰到勿少，却觅不到他要的宝贝，无意中说了一句："手艺高的固然勿少，可惜没有一个是银匠师傅。"旁边有个人听到了，对他说："银匠师傅有，就怕有眼勿识泰山。"冯老板朝这人望望，见俚生得精刮瘦，胸脯瘪塌塌，身上穿一件旧蓝布衫，两只袖口磨得精光发亮，不过两只眼睛炯炯有神，一双手十指粗壮，骨节上都长满了黄茧。冯老板一眼就看出这人有高艺，连忙追上去和他搭讪，果然是位银匠师傅，真是"踏破铁鞋无觅处，得来全不费工夫"。冯老板毕恭毕敬地说："只要师傅手艺好，到我店里一切都好商量。"这位师傅见冯老板信得过他，人还诚恳，便一口答应下来。

冯老板回到店里，关照账房阿大先生，已经觅到一位银匠师傅，明日到店里来，要另眼相看。阿大先生精明透顶，心里有数。到了第二天，果然来了一位师傅，手里只拿了一个一尺见方的旧蓝布包。阿大先生连忙殷勤招呼，叫师傅提条件，表示样样都能办到。这位师傅板着面孔，只提出要一间单独房间，每日三餐送到房门口，到时结总账。有了这房间，老师傅便一个人在里头，随便啥人也不能进去；他出门去，便把门锁起来。平时进出店门，眼睛不抬，招呼不打。阿大先生看在眼里，气在心里。

老师傅来了三个月，房间里白天不见动静，夜晚灯光却是通宵不息。阿大先生派伙计送来夜宵，听伙计说，老师傅也不在做生活，只是在房间里踱方步。大家都不晓得他弄啥名堂，也不知他的手艺有多高，暗头里嘀嘀咕咕。阿大先生心里当然也有气，但因为老板关照

手镯的故事

过，只好眼开眼闭，不去过问。

这位老师傅只有一个嗜好：只要逢到茶馆里说书先生说《水浒》，他就不管白天黑夜，不管风霜雨雪，总要去听书。书说得好，他回来时便满脸喜色；书说得不好，他回来时便唉声叹气。有人故意说他："老师傅，一部《水浒》都叫倷听厌了吧？"老师傅说："听不厌，就怕说得不像！""像不像，倷那能晓得呢？"老师傅被问住了，便眼睛一弹，连半句话也不肯说了，别人也就不敢再问下去。

转眼之间，老师傅进店门将近一年了。这一天，阿大先生在柜台上正忙着，老师傅不慌不忙来交生活了。只见他打开蓝布小包，拿出一个纸包；打开这个纸包，又拿出一个纸包；再打开那个纸包，里头还有一个纸包；里三层，外三层裹着一只光秃秃的蒜苗梗样的银镯头，接头处冒起两个小蒜头，一点看不出有什么花头经（吴语：奥妙）。阿大先生用眼睛一瞟，嘴里不说，心里在想：啊！这种生活啥稀奇，普通银匠一两天人工就打出来了，你做了整整一年，平时好吃好喝侍候你，你还要搭足臭架子！今朝亏你交得出这票货色！也不等老师傅开口，俚只装作不曾看见，用袖子管一挥，把这只银镯从柜台上甩到墙角落里。

老师傅看见阿大先生这副难看腔调，面孔一沉，抖着嗓音说："蛮好，我在对面茶馆里吃茶，冯老板回来，请他来一趟！"说完收起布包，扬长而去。

老师傅一出店门，阿大先生叫学生意的（吴语：学徒）将镯子拾起，忽然看见蒜苗头下罅开一线缝，露出一根银链条，顺手拉出来一看，阿大先生的头顶心立时冒出冷汗来哉！原来这银链条上雕刻着的一尊尊像法蓝似的东西，竟是三十六位梁山好汉。他拿起放大镜仔细一望，上面刻的是“武松打虎”“林冲夜奔”“鲁智深醉打山门”等，个个开相生动，眉眼传神，衣着鞋帽，处处逼真。阿大一边看，一边冒汗，知道自己得罪了能人，闯了穷祸，只好硬着头皮赶到老板那里，将事情前后经过说了一遍，拿出蒜苗镯头给冯老板看。冯老板也顾不得埋怨阿大，急匆匆赶到茶馆，只看见老师傅端端正正坐在那里喝茶。冯老板连忙上前赔礼道歉，老师傅连连摇手说：“你冯老板总算有眼力，看得起我；我原想在歇手之前，做一副镯子留传后世，哪知只做了一只，缘分就满了。我要回乡下去了，请你给我结一结账，要是豁账，我卖田卖屋还给你！”

冯老板一听，晓得这种有本事的手艺人一发犟劲，就难以挽回，再留也没有用，原想“用杀馀”也落了空了。就说：“老师傅，你既然一定要回乡下去，我也不敢强留。等你休养一阵子，开年再来，嫌工价小可以再加。”老师傅苦笑了一声，说：“今后冯老板有什么为难事，就请到乡下来吧。”冯老板一听，心里明白，老师傅话里有话，意思是我从此再不踏进你新凤祥店门了。冯老板见话说绝了，呒不办法，只好拿出银镯说：“老师傅，阿好看在我往日的情分上，替我将镯头上的链条重新装进去。”原来那链条一拉出来，竟怎么也装不进去了。可是到了老师傅手里，手到病除。冯老板在一旁仔细望着，学会了过门（吴语：诀窍），只好结清账目，备好轿子，送老师傅回乡。

新凤祥有了这么一只精致绝伦的银镯，名气一下子就响起来。冯老板特意将这只银镯挂在一只宝笼里，让链条从蒜头里露出一点点，面前还放了个放大镜，一时招揽了无数顾客。大家都来围观，为这只宝镯惊叹不止。

齐巧这一年皇帝要嫁妹子，派了钦差到苏州来办嫁妆。钦差觅了不少珠宝玉器，还不称心，一眼就看中了这只银镯。银镯被带进京城，皇太后看得眼馋，说："我也要一只，干脆配成双吧！"一道圣旨下来，传到苏州，这下可急煞了冯老板。他东奔西跑，跑遍苏州城，再也觅不到一位接皇差的人，只好下乡再去找那位老师傅帮忙了。

数九寒天，落着大雪，冯老板坐轿来到乡下，在一间低矮的茅草棚里找到了老师傅。不过来晚了一步，这位手艺超群的老师傅病倒在床上，已经奄奄一息了。冯老板说出自己的难处，老师傅长叹了一声，断断续续说："我那一只镯头刻的是天罡三十六英雄，本来还打算刻一只地煞七十二好汉。可惜，被阿大气回了家，一病不起，现在这个心愿是完不成了。"说着从枕边取过蓝布小包，打开来，里面是一副雕金银的家什，和一部翻看得破旧不全的《水浒传》。他一起交给冯老板，颤颤抖抖地说："冯老板，你拿了这个布包到杭州去跑一趟，那里天宝银楼里还有我一位师弟，他或许能帮你的忙。"

冯老板辞别老师傅，备快马，不离鞍，一口气赶到杭州，找到老师傅的那位师弟，献出了蓝布小包。他师弟望见蓝布小包，眼泪立刻串珠一样淌下来，晓得自己师兄已经不在人世了。冯老板一五一十说明来意，苦苦哀求这位师傅帮忙。他叹了一口气说："我俩虽然同拜一位师父，可我的手艺远远不及师兄，既然你远道赶来，又是师兄死前重托，违抗皇命又是性命攸关的事，我只好把自己这几年的心血献出来。"说着从里面拿出一只亮锃锃的金镯，表面也是蒜苗梗，大小一样，十分光滑，抽出拉链，链上刻的是十八尊罗汉，尊尊在闪闪发光。冯老板看得目瞪口呆，如获至宝，张口结舌地问："这只金镯值多少银两？"这位老师傅却十分慷慨，说："既然你能识我师兄师弟的手艺，就不谈这个了。我们半辈子跑过不少码头，大小做过几十爿银楼，没有一次不是受了气出来的，还少见到你这样的朋友。救急如救火，我们手艺人就讲这点面子，你拿去完差吧！”说完扭头就走了。

冯老板对这一对师兄弟真是敬佩之至。他回到苏州，交上皇差，总算把一对镯子配成了双。

皇太后拿到金镯，以为是对她格外尊敬，也满心高兴，立刻传下圣旨，御赐新凤祥一块金字招牌。从此，苏州新凤祥银楼就改叫“新凤祥金庄”了。

（口述者：陆涵生；采录者：韩德珠）

醉　雕

沈万三在家乡周庄镇大兴土木，造起一幢七进深的大厅。

大厅最前面是仪门楼，高两丈，全部用水磨青砖雕刻砌成，中间五层，用有人物、花卉、楼台等的砖雕来镶砌。

沈万三为了砌造仪门楼，重金聘请了无锡擅长砖雕、闻名江南的泥水匠蒋亚。蒋亚傲气保守，俚一到沈万三家，就提出要单独给俚开一个工场，勿准其他匠人师傅同俚一起干活。沈万三一口答应。

开工不久，忽然来了一个衣衫褴褛的老头子，对沈万三说：“我叫向阿祥，住在苏州乡下，我从小也做过泥水匠，请收留我在此做做小工，让我混口饭吃。”

沈万三看俚老实，便点头答应，安排俚当下手杂工。

几个月后，仪门楼外壳砌好，每层用六块水磨青砖联刻成一幅浮雕：第一层刻的是“状元及第”，第二层是“潘矶访贤”；第三层是

“鹊梅登枝”；第四层是“昆仑寿星”；第五层是“独占花魁”。这些砖雕一搬出来，所有的人都赞叹不绝。

蒋亚亲自指挥，用明矾、糯米为胶，把砖雕逐一拼接镶砌，向阿祥也在许多工匠中搬递刻件。谁知蒋亚一看，见俚是个老头子，身上穿得又破又烂，就勿要俚搬，怕俚失手打碎。向阿祥说：“倘使碰坏，我愿把工钿抵偿。”

蒋亚看向阿祥坚持要干，就将外衣一撩，亲自爬到脚手架上，叫向阿祥立在扶梯当中传递。蒋亚故意刁难，快速镶砌，还大声责怪向阿祥手脚慢，向阿祥一慌，一失手，只听“哐啷”一响，砖雕落地，顿成碎片。蒋亚暴跳如雷，大骂不绝。

向阿祥并不生气，反而镇定地说：“碎了我赔。”

蒋亚指着其余五块砖雕说：“要赔得全赔！”

沈万三过来解劝说：“蒋师傅，看在我面上，你重刻一块，工钿照补。”

主人出来打圆场，照理蒋亚可以领情让步，谁知他横起眼说：“沈相公，要晓得这些联刻砖雕一气呵成，跌碎一块，其余几块就无用，要我重新补雕，就是黄金堆成山，我也无能为力。”

沈万三着急道：“照此说来，这第三层的砖刻就砌不成了！”

蒋亚从架上爬下来，洗洗手说：“除非仙人，才有本领补救。”

向阿祥看沈万三虽然焦急，但对自己并无半句埋怨，非常感激，拱着双手说：“沈相公，事情由我而起，我有责任，办法还是有的。我学过泥水匠，也会一点儿砖刻，请赐红烛一斤，就在今夜开个夜工，让我补雕出损坏的砖雕。”

沈万三将信将疑，只好勉强答应：“你就试着干吧！”

向阿祥领来红烛和青砖，回到工棚，并不开工，先喝起老酒来，吃得醉意十足，才开始动手。俚点亮两支巨烛，把棚内照得通明雪亮，坐近青砖，不用画稿，就操刀雕凿，边凿边歌，铁錾如飞，直响到四更敲过。

天亮以后，向阿祥搬了雕好的那块砖雕，来见沈万三说："请沈相公验看。"

沈万三一看，只见刻得枝干纵横，红梅朵朵，有的含苞，有的绽开，枝头几只喜鹊，神态各异，尤其是片片鹊翎，细若发丝，和蒋亚刻的一比，蒋亚刻的大为逊色。

工匠们抬着向阿祥的砖刻，和蒋亚的几块砖刻一起砌上仪门楼的第三层，左右巧合，纹丝不差，真是神技。

蒋亚走来，立在仪门楼下，看着向阿祥补刻的砖雕，佩服得五体投地。俚拉着沈万三说："我甘拜祥伯为师！"谁知找来找去，再也找不到向阿祥了。

原来这向阿祥就是赫赫有名的"酒鬼祥师傅"，是香山帮匠人里的一只鼎。他是故意扮作穷老汉，前来杀杀蒋亚骄气的。趁人围着砖雕时，他已悄悄坐船回香山去了。

如今"沈厅"的仪门楼中层，还保留着这组"鹊梅登枝"的砖雕，当中有一块最为精美的，就是当年向阿祥的"醉雕"。

（口述者：徐祖铭；采录者：邱维俊、张寄寒；1983年采录于周庄镇）

巧修九龙杯

明朝万历年间，苏州有个琢玉的能工巧匠，姓陆名子冈。此人能吟诗作画，很有才学，所以他制作的玉器，妙不可言，远近闻名。陆子冈秉性孤傲，看不惯豪绅显贵，这些人有求于他时，他总要给他们一点颜色看看。

有一年，苏州有个很会巴结上司的知县官，打听到京城里有个权贵要做寿，便一心想弄样宝贝去拍拍马屁。好不容易觅着一只羊脂白玉的九龙杯，人称"三奇玉杯"。啥叫"三奇"？一奇是玉杯上雕的九条白龙的眼睛里会射出十八道光；二奇是龙的颜色变化无穷，玉杯里盛啥颜色的酒，龙就会变啥颜色；三奇是酒杯一转动，这九条互相追逐的蛟龙就好像在飞腾一样。不过，这玉杯曾经盛过酒，有些气味怕被人家闻出，会怪他不尊敬上司，所以要紧把玉杯叫听差去洗洗干净。不料听差一不小心，把玉杯上一条翘起的龙尾巴碰断了。县官老爷肝火直冒，把听差押进大牢，治了重罪。

听差的老婆得知丈夫闯了这样的没命祸，急得在家里日夜痛哭。这天，陆子冈路过她家门口，听见有人哭得伤心，一打听，知道是为了一只玉杯的事。他十分同情听差一家的遭遇，恨透了这个狠心的昏官。他想了一想，便直奔县衙而去。

陆子冈来到县衙，见到了知县官，就开口要他把玉杯拿出来看看，愿意设法修补。县官早就仰慕陆子冈的大名，平时请也请不到他，今天他竟会找上门来，就想试试他的手艺。于是要紧把陆子冈请到内堂，将玉杯交给了他。陆子冈接过玉杯，赞叹说："嗬，这是一块稀世美玉雕成的精品，难得！难得！”

知县官忙接嘴说：“是呀，这么好的宝贝，恐怕皇宫里也少见呢。”

陆子冈忽然皱皱眉头说：“不过这杯子雕得虽巧，可惜有两大破绽。”

知县官有点莫名其妙，呆呆地望着陆子冈问道：“这是啥意思?”

陆子冈指着玉杯说：“你看，这杯子上不雕云头，下不刻波浪，看不出龙是天上飞，还是在海里腾。再说，龙代表真命天子，如今这玉杯的蛟龙雕得既不能高飞，又不能破浪前进……这玉杯上雕刻的九龙逐珠，那最后一条龙的尾巴又断了，这样的东西怎么拿得出去呢?”

那县官急得面红耳赤，结结巴巴地说：“唉，这么好的宝贝，被那奴才洗涤时碰坏了，可惜呵可惜！”

陆子冈摇摇头：“大人这么说有谁相信?这样贵重的宝贝，却叫手下人去洗涤，人家只会说是大人自己弄坏的，想嫁祸于人！为今之计，还是赶快想办法把杯子修复好，免得传扬出去，对大人不利。”

县官尴尬地笑笑说：“是啊，那就请师傅动手修理吧！”

陆子冈说：“修补并不难，还得请大人先把听差放了。”

县官没办法，只得关照手下，当场把听差放出牢门。

陆子冈就把那玉杯带回家去修补起来。他在断掉的龙尾巴四周雕了一片云头，这样就把龙尾遮住，看上去好像这龙刚从云堆里窜出来，更加活灵活现；他不但补雕了云头，还刻上了浪花。这样连本来有的两大破绽也弥补掉了。

陆子冈把玉杯修好后，送到县官那里，县官接过一看，连连赞叹道：“妙手！妙手！你真是多才多艺的高人！”

陆子冈走后，知县官在玉杯里注满了水，打算洗洗干净，再去巴结上司。突然，他在水中望见杯底有弯弯曲曲的痕迹，细细辨认，原来是首诗，写的是：

羊脂白玉变色龙，
尔追我赶何匆匆；
酒干杯尽浮云散，
水月镜花一场空。

县官念着念着，这四句诗不是明明在讽刺自己吗？不由气得面孔通红，连忙吩咐手下人去把陆子冈抓来，要治他的罪。可是手下人搜遍了苏州城，陆子冈已经远走高飞，不知到哪里去了。

（口述者：顾思义；采录者：杨彦衡、陆如松）

◎ 民俗传说 ◎

民俗是一个广泛的文化范畴，泛指一个地区、一个民族人们的思想方式和生活方式，牵涉面极广，包括四时八节、婚丧嫁娶、生老病死、衣食住行、生产经济、文化娱乐、宗教信仰等。民俗是一种地域性很强的社会文化现象，各地都有不同的风俗习惯。吴地民俗文化是广义吴文化的一个重要组成部分。民俗传说具体而形象地解释各种民俗事象，追根溯源，说明某一民俗的来历，通过传说故事的形式介绍民俗事象的内容，展示某一地区人们所特有的思想、观念、信仰、习惯，从而使这种民俗文化现象得以不断地继承和发展，积淀为厚厚的文化底蕴，产生出巨大的精神能量和文化凝聚力，促使人们热爱自己的乡土，热爱自己的民族，热爱自己的国家。

节令传说提要及传说

按照一年四季时令顺序，苏州地区几乎每逢重要节气都有传说。

正月：

立春有“鞭春牛”的传说。官府率领民众往娄门官渎桥柳仙堂迎芒神，行“鞭春”之礼，预祝丰稔。

正月过春节，关于过年，有祖先战胜吃人怪兽“年”的传说。

关于桃符（门神、春联），则有神荼、郁垒镇恶鬼的传说。唐以后变为秦琼、尉迟恭驱祟的传说。

关于桃花坞木刻年画，有《蚕猫图》《鸡鸣图》《老鼠娶亲》等的传说。

关于春节食品，有吃团子意寓团圆的传说，吃年糕纪念伍子胥的传说，吃春卷—探春蚕—祈蚕事的传说。

年初五，有祭财神、接路头的传说，“跳财神”的传说，赵公元帅的传说。

正月十三有“祭猛将”（农村抬猛将神像出会，祈丰收）的传说和苏州人汇集宋仙洲巷看大蜡烛的传说。

正月十五上元节，有“闹元宵”看灯祈子的传说，猜灯谜的传说。

二月：

二月二，有“龙抬头”、吃“撑腰糕”的传说，祭灶神（土地老爷）的传说。

二月初八张大帝生日，有“吃冻狗肉”的传说。又说张大帝有四个女儿，各嫁风、雨、雪、火四灵；这一天，风、雨、雪，皆携妻回娘家祝寿，故多风雨雪霰；唯有四女儿因嫁火神，故不许回娘家，否则苏州要遭火灾。

二月十二有“百花生日”的传说。这一天，虎丘花农有花神灯会，有花神生日“赏红”传说。

二月二十八“老和尚过江”，这一天，多风，有和尚过江讲经的传说。

二月二十九观音生日，城西支硎山又名观音山，当地歇后语云：“观音山的轿子——人抬人”，有香市传说。

三月：

三月三荠菜开花，可置灶上避虫，可以明目，有“亮眼花”的传说。

清明节“踏青”，有吃“青团子”的传说。

寒食节，有介子推隐居绵山的传说。其时纪念火种并表现为鹊巢崇拜，有烧“野火米饭”的习俗。因为寒食不动火，又有“浪荡日”的传说。

三月十八，有“白龙生日”的传说，谓一女生白龙而被吓死，白龙每年必于是日来报娘恩，降雨解旱。

谷雨，有三朝看牡丹的传说，宋代苏州一花农金老三戏弄奸相蔡京之帮闲朱勔的传说。

三月二十八东岳大帝生日，有关于水上竞舟之“摇船会”和“草鞋香”的传说。

四月：

有“立夏三朝开蚕党”的传说，“立夏尝三鲜”的传说，立夏称人的传说以及孩童“坐七家门槛”的传说。

四月初八，有“浴佛会”“放生池”的传说。

四月十四，有“轧神仙”的传说。

四月二十八，有“药王生日”的传说。

五月：

有端午节吃粽子、划龙船纪念伍子胥的传说，避“五毒”的传说。

有白娘子和许仙在苏州开药店的传说，白娘子喝雄黄酒而现形的传说。

五月十三，有“水龙生日”“关公生日”的传说。

芒种，有谷物播种传说。

黄梅，有天象十八变的气象传说。

有关于“拔草风”的传说。

六月：

有求雨“扫晴娘”的传说。

六月初四、十四、二十四，有“谢灶”的传说。

六月初六，有“狗�浴”“晒经书”的传说。

六月二十三，有“火神素”的传说。

六月二十四，有“雷斋素”、“荷花生日”及“赤脚荷花荡”的传说。

七月：

七月七，有“乞巧”的传说和牛郎织女的传说。

七月十五中元节，有“放河灯”的传说。

七月三十，有“地藏王生日”传说和“烧狗屎香”纪念张士诚的传说。

八月：

中秋节，有嫦娥奔月、吴刚伐木的传说及“斋月宫”“烧香斗”“走月亮”“走三桥”的传说。又有“游石湖”“借阴债”的传说。

白露，有“白露身不露”的传说。

八月二十四，有“稻生日”的传说。

九月：

九九重阳节，有吃“重阳糕”的传说及“九九”登高避灾难的传说。

九月十三，有“祭钉靴”占晴雨的传说。

霜降，有“看旗纛”卜农事、“听信爆”长力气的传说。

十月：

十月朝，有“三节会”（又称“无祀会”）的传说和“送寒衣”的传说。

十月五日，太湖渔民有“五风信”的传说（祈祷五日来风，可扬帆捕鱼）。

十月十五“下元节”，有“水官生日”传说及“牵砻团子斋三官”祭天的传说。

十一月：

冬至，有“冬至大如年”的传说及此日姑娘不住娘家的传说。

十一月十七，有“弥陀生日”传说。

十二月：

有“寒山寺听钟声”的传说。

腊八，有“腊八粥”源于西园和尚节粮赈灾的传说。

腊月二十四，有“送灶”的传说及“掸檐尘”的传说。

除夕，有“守岁”和“压岁钱”的传说，“老鼠娶亲”的传说，祭祖祭神的传说，以及除夕夜不许讨债和虎丘“赖债庙”的传说。

立夏称人

这些民俗传说，方志、典籍、笔记、杂文中有记载，但皆简略。然而，在民间口头流传的民俗传说里，就具体生动得多了，几乎每个传说都被敷衍出一段完整的故事，以下选录数则。

立夏称人

江南一带，每年立夏节有称人的习俗。到了这一天，勿管男女老少都要吊在秤杆上称一称。这个习俗据说有一千多年的历史了，与刘备东吴招亲有关。

孙尚香自从嫁给刘皇叔后，就跟了刘备回荆州，之后又一起入川。不久，东吴使臣来说，吴国太病重，要孙夫人回去看望。孙夫人带了俚刚生下的小人，告别了刘皇叔回到了东吴。不多几天，吴国太就病故了，从此孙权就把孙夫人留在身边，借此来牵制刘备。

刘备自从孙夫人回东吴以后，俚是日思夜想，等等勿来，望望勿来，就派了使臣前往东吴问候。孙夫人呢，当然也想回到刘备身边，但碰着孙权就是勿肯答应。孙夫人吃不办法，只有写封书信带给刘备。偏偏刘备见信，勿相信书信上讲的，弄得派去的使臣十分为难，只好去请教孔明先生。孔明讲，等倷下次再出使东吴，见到孙夫人后，就请俚称称自己与小人的分量，然后再带了书信来见主公，刘皇叔就知道孙夫人与孩子在东吴生活得是好还是坏了。

过了一段时间，刘皇叔思妻想儿，就又派了这位使臣前往东吴探望。使臣到达东吴，请孙夫人同小人称称体重，再写封书信，好带回去交差，这一天正好是立夏节。

这事情传开了，首先在江南风行起来，一来是表达对孙夫人失去自由的同情，二来也可衡量一年来的身体情况，这个习俗很快为全国各地接受，成了我国特有的民俗，一直流传到今天。

（口述者：张雪奎，男，采录时70岁，太仓东郊理发师；尹陈氏，女，采录时90岁，太仓东郊人；采录者：尹培民）

金 梭 子

有一年七月初七，天上的牛郎织女照老规矩要到鹊桥去碰一次头。织女去相会的辰光心急慌忙，一失手，一把金梭子从云堆里掉了下来，“扑通”一声，落到仔苏州城里一家机房的小井里去哉。

这一日黄昏头，机房老板和俚老婆正在天井里吹风凉，吃巧果，突然看见一道毫光从天上落下来，毫光中有样金光锃亮的物事落到仔俚笃井里。夫妻俩觉得这是宝贝送上门来哉。老板就趁着月光一个人索碌碌地吊着绳索，想下井去把金的物事捞上来。老板刚下去，只看见一条金晃晃的赤练蛇在井里，吓得赶紧爬仔上来。第二天，俚就病倒哉，一日到夜尽说些胡话。郎中先生说俚吓偏仔胆，只要把井里的赤练蛇除掉，安仔俚的心，毛病就会好起来格。老板娘吼不办法，跑到机房里，对着那些师傅磕头求拜，答应俚笃，啥人能够捉掉井里的赤练蛇，东家一定重重有赏。这辰光，有个姓张的小伙子答应俚去捉赤练蛇。俚到仔井里一看，哪有赤练蛇？原来是金梭子在水里发光。这个姓张的小伙子骗过老板娘，说赤练蛇被他打死哉，就拿了金梭子回到家里，向机房老板租了张织机，做起生活来哉。说也奇怪，用金梭子织绸，不用丝，梭子里会接连不断地吐出金丝银丝来，织出来的绸缎，比天上的彩虹还要好看。

机房老板呐，自从听说井里的赤练蛇被除掉了，毛病也就好哉。俚晓得金梭子落到了别人手里，心里又是妒忌，又是懊恼，就写了张状纸，诬告姓张的织绸师傅私偷家宝。府台也是个贪财的家伙，他听到有把金梭，就起仔黑心，把那姓张的小伙子招为女婿。府台老爷就此人财两得。这个姓张的小伙子呢，也就此一日到夜伴仔娘子吃吃白相相，把织绸的手艺忘得一干二净哉。

隔了勿长远，这奇闻传到仔皇帝耳朵里。俚一道圣旨，立时三刻要府台把金梭子献到宫里去。府台急得要命，和女婿商量，只好去哇。两个人就坐仔轿子，捧仔那只金梭，冒着风雪，献宝去哉。

再说那织女和牛郎高兴了一夜，第二天织女回到织锦殿里一看，金梭子不见哉！俚掐指一算，知道金梭子落到了瘟官手里；再向下一看，只见金梭子正在苏州府台女婿的轿子里。织女火透哉，站在云堆里向地面上轻轻地吹仔一口气，“呼——”，马上飘起仔鹅毛大雪。府台和俚女婿看看风雪这样大，想到玄妙观机房殿躲一躲再讲。织女就摇身一变，变仔一个女叫花子，躺在机房殿的门前。

府台女婿从轿子里出来，看见机房殿门槛上躺着的女叫花。女叫花对俚说：“求求老爷发个善心，赐件破衣裳给我吧！”府台女婿虎起仔脸骂道：“讨饭也勿看看场化，快给我滚开！”女叫花对俚看看，手一甩，忽然刮起一阵大风，吹得机房殿格格发响。等到风停下来了，府台女婿一看自己却躺在过去的破机房里，手里的金梭子早就不知去向哉。

皇帝一心想得金梭子，结果落了空。府台老爷犯了欺君之罪，被捉去治罪哉。府台女婿呢，从此蹲在自己的破机房里，老老实实地做老行当。

（口述者：明傅，男，64岁，丝织工人；采录者：杨彦衡；1963年采录于苏州振亚丝织厂）

布袋和尚与腊八粥

苏州西园罗汉堂，迎门有一尊手执红布袋、挺着大肚皮、笑眯眯的和尚塑像，人称他是“弥勒笑佛”，也有人叫俚“布袋和尚”。相传“腊八粥”就是由他创始的。

据说很久以前，苏州西园戒幢律寺来了个挂单和尚，名叫阿二。俚是从天台山国清寺来的，年纪已经四十出头，腰圆臂粗，五短身材，身背一只红布做的乾坤袋。俚对当家师傅说：“小僧种田出身，不论何种粗活，都能应付，请当家师傅作主。”老当家看俚身坯结实，出言吐语忠厚老实，心想斋堂正缺人手，何不派俚去做杂务呢？于是阿二和尚便做了一名“伙头僧”。

阿二每天起早摸黑，挑水、淘米、汏菜、烧火，忙得团团转，一有空闲，还要到蔬菜园里除草浇水。阿二有个好习惯，每次烧火辰光，眼睛总是盯在稻柴上，只要发现稻穗头，都一粒粒拾起来，剥去谷壳，然后放在乾坤袋里；汏过碗盏淘过米，勿肯立即拿水倒脱，先要淀一淀，慢慢地倒脱污水，把剩下的饭粒捞出来，摊在芦席上晒干，然后放在乾坤袋里；在地头上拾到一粒豆、一棵菜，也总是烘烘烤烤，统统放到乾坤袋里。这样日复一日，经过三年辰光，收集的五花八门的食物，少说也有两石半。

这年阴历十二月初八，是佛祖释迦牟尼得道的日脚。管钱粮的和尚也上大殿念佛去了，一时糊里糊涂，竟忘记开仓取米粮。呒不米粮哪能烧饭？阿二急得勿得了。阿二前思后想，想到了身边的乾坤袋，俚心里暗暗思忖：把三年里积剩下来的勿勿少少食物，一齐倒入锅内烧，不就解了这个无米作炊的燃眉之急吗？

“笃——笃——笃——”开饭的“云板”敲响哉。五六百个和尚列队进入斋堂，心里都在想：“今朝是佛祖得道之日，定有一餐丰盛的素斋好吃。”可是走进斋堂一看：“啥个物事呀！粥勿像粥，饭勿像饭，菜勿像菜！……”上口一吃，味道倒蛮好，特别开胃，个个争先盛添，恨不得连洗锅水都喝下去哉。寺里老当家也觉得蹊跷，问阿二这是啥东西？阿二就原原本本告诉了老当家。老当家听后双掌合十说：“善哉！善哉！惜衣有衣，惜食有食，阿二积福，功德无量，真是可敬可佩可贺！”在场的和尚听了，一致公认阿二和尚烧的饭是“皆大欢喜”。众和尚商定，每年阴历十二月初八都要烧这种粥吃，以此纪念阿二和尚的惜食行为。这种粥后来连老百姓也烧来吃了，取名“腊八粥”。

（口述者：陈月英；采录者：韩德珠、袁震、王文璞）

赖债庙

有一年除夕，天气冷得滴水成冰，西北风有意跟穷人过勿去，呼呼地像饿老虎一样叫。虎丘后山有一座供奉牛马王的磨王庙，也好像在寒风里发抖，门窗吱吱咯咯地发响，听了叫人汗毛直竖。

这个辰光，有一条黑影一闪，推开了磨王庙的破门，进了大殿。这个人熟门熟路，一纵身就跳上了正面的神龛。俚用手摸摸牛马王，便一把扯下了这泥菩萨身上的龙袍，披在自己身上挡寒气。牛马王本来是一副生气样子，被剥光了身子，就格外像虎着脸，斜着白眼在看俚。可是这个人不管三七二十一，就在牛马王背后呼呼困着哉。

外头西北风越刮越大，磨王庙的破门哪能挡住狂风！只听见“啪啦”一声，一扇破门倒下来哉。接着又跌跌撞撞进来一个佬佬，雪花冻结在俚的胡须上。一进大殿，俚就一头扑在神龛前的拜垫上，在牛马王面前又是叹气，又是号哭。哭仔一歇，从腰里解下一根麻绳，穿在梁上，下了一个狠心，脚跟踮起，闭仔眼睛，把头往绳圈中伸进去。两脚刚要腾空，突然被一个人抱住哉，救仔下来。佬佬心里想：你救我作啥，我只有绝路一条呀！俚慢慢睁开眼睛，在黑头里看到一双明亮的眼睛，跟着又听到亲热的喊声：“老伯伯呀，好死不如恶活，这条路千万走不得啊！”

佬佬的眼泪水一串串落下来，长长叹仔一口气，说：“债主逼得我走投无路呀！”

不料这一句话，也引起了救俚的这个人一声长叹。接着俚苦笑地说：“我也是虱多勿痒，债多勿愁，过一日算一日，年关一到逼得紧了，就到这里来躲债。”一听也是躲债的，两个人就谈起来哉。

一个问：“老伯伯，你尊姓大名，做啥行当的？为啥欠下了债？”

一个答：“我叫张三，就在虎丘山下财主家里当长工。今年年初，老家婆死脱哉，买勿起棺材，心想用破席卷卷，埋脱算哉。没想到东家说是可怜我，向棺材店老板说情，用高价钿赊给我一口薄皮棺材，叫我年底领到工钿还清。可是，到仔年底，东家说我发过一个寒热，要扣三工；买过一帖药，算糙米三斗；打碎一只碗，扣米五升。这样罚罚扣扣，到年终结账，还有啥格铜钿到手？棺材店老板又凶，伸手讨债，早讨夜逼，逼得实在紧勿过。这个年真正过不下去哉，只好到这里来……”

一个又说：“我叫李四，是机房里织绸的手艺人。俗话说：牛落磨坊，人落机房。我一日做到夜，弄得一身债。做得腰背断，过年没盘缠。平时吃尽苦头，结账拿个零头。家里上有老，下有小，吃口重，日脚过不下去，只好‘口渴喝盐卤——借印子钿’哉。想勿到利上加利，利上滚利，永远也还不清。不过，我倒勿想寻短见，瓦片也有翻身日，还是要想开点……”

这个李四就是先进来的人，身上还穿着牛马王的龙袍。俚从腰中摸出一把铜钱，送到张三手里，说道：“老伯伯，这点铜钿不够你还债，也许能救救你的急，先拿去用吧！”

张三连忙推辞：“这铜钿上头有你的血汗，我哪能忍心用呢，我饿死也勿能拿的！”

李四说：“你我都是受苦人，你要不肯拿，就是看不起我了。”

两个人正在推来推去，突然听到在西北风吼叫声中，夹着一阵阵嘈杂的人声。又听清一阵脚步声，有人来哉。李四喊仔一声：“老伯伯，快躲起来。”自己就一个箭步，躲到神龛后面去哉。张三年纪大，躲到哪里去也要四边看一看，行动慢仔一步，还没来得及躲，就被一群如狼似虎进来的人捉牢哉。捉人的不是别人，正是张三的债主。俚笃看到张三往山上跑，跟着追上山来。这些人比凶神恶煞还要狠毒，捉牢张三拳打脚踢，逼俚还债。张三苦苦哀求，把李四给他的铜钱统统拿仔出来，还不够还俚笃的利钱。讨债人举起拳头又要打张三，正在这辰光，神龛上的牛马王突然大喝一声："不许讨债!"只见俚身披龙袍，手持利剑，怒睁双目，声如霹雳，吓得讨债人丢掉了灯笼，跪在地上，浑身像筛糠，头磕得像鸡啄米，连滚带爬，溜出殿门，头也不回地奔下山去哉。棺材店老板回到家里后，还生仔一场大病，困在家里爬不起来。

这件事后来一传十，十传百，说是磨王庙里的牛马王显圣哉。棺材店里的老板娘娘平时最迷信，常烧香拜佛。俚想，一定是丈夫讨债得罪牛马王了，便到磨王庙来烧香，还许仔一个愿说："牛马王，勿要恼，我拿铜钿重修庙，每逢年关还要在庙里唱台戏，啥人来讨债你勿要轻饶。"后来，老板的病果真好了。老板娘娘还以为是自家许愿的缘故，所以俚重修仔磨王庙，到年关还雇人去唱戏。慢慢地，这个习俗传下来哉。每逢除夕，义庄常常在磨王庙搭台唱戏，欠债的人都到这里来躲债，因为在这一天是不许逼债的。其实这是大家在一起，人多势众，好拧成一股绳对付讨债人，若是谁敢来逼债，大家便一道对付俚。连官府也怕这种事闹大了，不好收拾，还在虎丘山上立了一个碑文，上面刻着严禁重利盘剥放印子钱、鞭子钱的告示。可是，穷人日脚并没有好过，欠债的人还是越来越多，到年底都到磨王庙来躲债。这座庙也就叫作"赖债庙"哉。

（口述者：杨瑞生；1962年采录于苏州社会福利院）

人生礼仪传说提要及传说

中国是礼仪之邦，自周代以来，就有了非常繁复的礼俗，至今“周礼”仍是中国传统婚俗以及其他礼俗的主要依据。人一生下来就接受民俗文化的洗礼，在一生中的寿诞婚丧过程中，各种礼俗已经交织成一张复杂的网络，引导人们认真投入，并在民间成为约定俗成、长期传承、不可逾越的行为规范，不遵从者就会受到社会舆论的谴责。于是，诞生礼、成人礼、婚礼、寿礼、葬礼以及其他人际往来的礼节，成为使人无法摆脱的礼俗。然而，这些礼俗中又蕴含着中国传统文化，特别是传统道德和礼教的内涵。这些优秀的传统道德和礼教代表一个民族的思想观念和生活特点，理应受到尊重，因此自古就有“入乡问俗”“下乡随俗”的说法。如今，许多繁文缛节的礼俗，已经在时代的潮流中被淘汰了，对外开放以后又引进不少西俗，这种文化交流，有利于文化的发展，但绝不可能代替本民族的文化传统。礼俗既然是一种历史文化现象，其中的奥妙博大精深，是很值得研究的。这里列举的一些传统民间礼俗传说，可以作为认识、了解传统礼俗文化的入门。

生育习俗传说

祈子习俗：传宗接代，绵延子嗣，是生育习俗最基本的思想基础，由此演绎出一整套的祈子习俗。妇女婚后不育，便到处求神拜佛，主要是祈生男孩，如中秋节有“摸秋”的传说，月下到田里去偷南瓜，送到不育人家，喻生男孩；有“送灯”的传说，意寓“添丁”；又有“送麒麟”的传说，因为麒麟是“仁兽”，代表富贵，意寓生“富贵之子”。

催生习俗：苏州有“催生娘娘”的传说，“送催生包”的传说。旧俗，产妇临产，娘家人要办好催生包送到婿家，往产妇床上扔去，用包袱结朝上朝下预卜生男生女。

分娩习俗：有“子孙马桶”的传说（过去妇女生育是坐在“子孙马桶”上的，所以嫁妆中必有马桶）。苏州郊区在妇女分娩后，有“送邋遢团子”的传说（“邋遢”指从血污中出生，吃团子则象征团圆美满）。此外，还有许多产房禁忌传说。

满月习俗：有满月剃头的传说。

百日习俗：有送“百家衣”、吃“百家饭”的传说。苏州郊区有“百日穿豆攀草囤”的传说（其俗以避婴儿三难：天花、麻疹、水痘）。

周岁习俗：有“抓周”的传说。

婚嫁习俗传说

议婚习俗：有关于媒人的传说。关于相亲，有吃“见面茶点”的传说。太仓农村相亲，“一看房，二看郎，三看竹园与家当”；男家烧糖开水鸡蛋招待女方，碗中如放三个鸡蛋，表示男方不中意，放四个就是中意了，女方吃两个蛋表示愿意谈，见到三个蛋当然不能吃了。

订婚习俗：苏州有“送小盘”的传说。送茶特别重要，俗话说：“茶为媒”，吴地把整个定亲过程就叫“过茶”，或叫“受茶”；据说茶树不能移植，送茶的意思是亲事已定，不能再变动，故俗话又说，“好女不吃两家茶”。

迎亲习俗：有铺床的传说。请娘舅、舅母铺床，或请多子女夫妻铺床；请未婚男子“联床”，意为“婚前童子压床，婚后子孙满堂”。还有办嫁妆的传说、“哭嫁”的传说和“结发”的传说。

拜堂习俗

有中堂挂“和合轴子”的传说，“拜天地”的传说，“撒帐”的传说，“闹洞房”的传说。

寿诞习俗

有“做九不做十”的传说（九谐音“久”，喻长寿；十谐音“尸”，不吉利）。有“六十六，乱刀斩”是关口的传说（是年做寿，女儿必买肉切成六十六块，让做寿者吃，以逢凶化吉），有“八仙祝寿”的传说，“麻姑献寿”的传说，“老寿星”的传说，“吃长寿面”的传说。

丧葬习俗

有穿寿衣的传说，穿孝服的传说，吃“豆腐饭”“做七”传说和“点主”安放牌位、出殡礼仪的传说等。

人生礼仪习俗，复杂多样，因地而异，贫富也不相同。总之，在各种礼仪行事过程中，形成一种特殊的文化现象。苏州对这种礼俗有个说法：“三风光，两不见。”“三风光”指生育、婚嫁、丧葬礼仪要办得奢侈隆重，才算风光。“两不见”是说除了婚礼外，另两项办得再隆重，自己也是无知无觉，感觉不到的。这充分说明人们摆脱不了社会礼俗的制约。人的生生死死本来是一种自然规律，有了这些礼仪，就能显示人在社会上的地位和人的等级观念。民间流传的礼仪传说，都是和一些有地位的人联系在一起的。

写双喜的来历

听人家说，“红双喜”是著名思想家和文学家王安石开头写出来的。那是在北宋仁宗年间，年仅二十二岁的王安石应考后回到家中，准备完婚。

这天，王安石家张灯结彩，爆竹连连，大摆筵席，亲朋满座。吉时一到，王安石和新娘参拜天地，一切仪式过后，进入洞房。谁知正在高兴之际，突然门外传来了锣鼓声、鞭炮声，一簇人蜂拥进入了王府，只听其中有人高呼道：“我等特来王府报捷，贵府少大郎王安石，戊午科高中进士第四名。”王安石府上一听此报，合家老小和各亲朋顿时轰动起来了，欢呼声和祝贺声闹成一片。这时，王安石真是高兴万分，随手取一张大红纸，拿起笔来连写了两个并着的“喜”字，表示今天喜上添喜，真是“洞房花烛夜，金榜题名时”。

从此，写双喜就传了开去，不论在任何地方，凡祝贺喜庆时都用双喜，表示要像王安石那样双喜临门。后来，人们又把左右两个喜字连成一个整体，成了一个“囍”字，一直流传到了现在。

（口述者：叶凤岐；采录者：潘冠球；1984年采录于昆山城北乡归家浜）

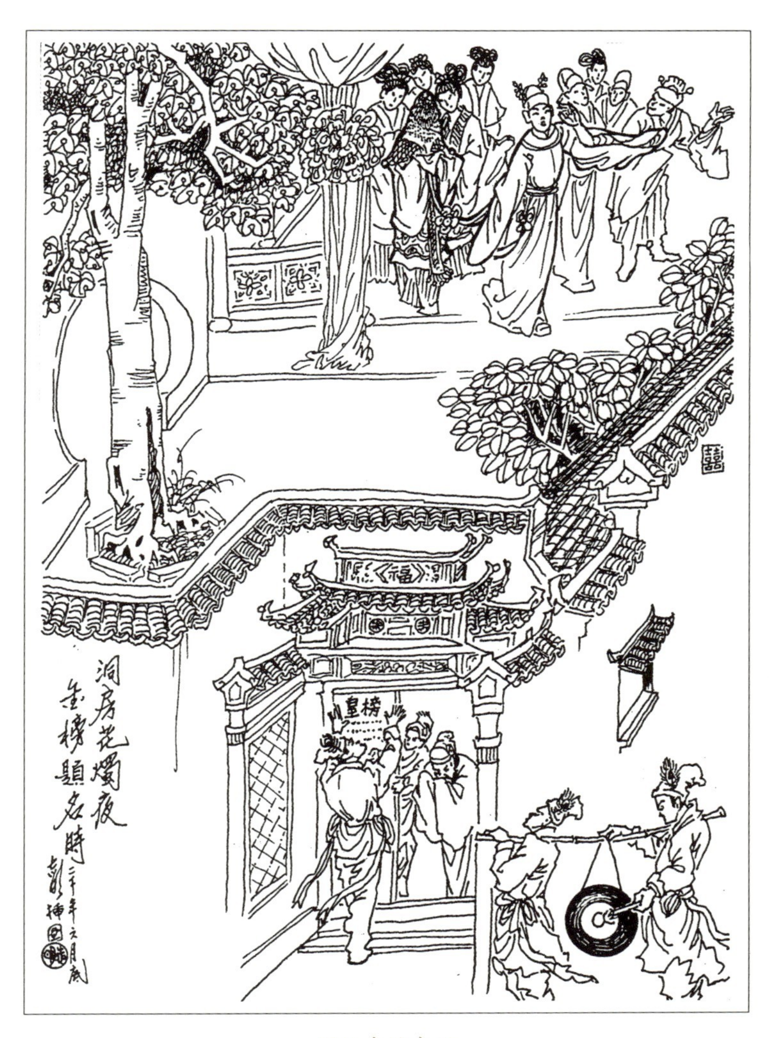

写双喜的来历

结婚穿凤冠霞帔的由来

旧时新娘出嫁，不论是穷人家的姑娘，还是富人家的千金，在举行婚礼时都要头戴凤冠，身穿霞帔，拜堂成亲。那么，这个婚俗是怎么来的呢？据传说，与我国历史上第一个女皇帝武则天有关。

武则天做了皇帝，常想到自己曾落难到庵堂里去做尼姑，亲身感到女人被人看勿起的苦楚。她决意要叫每个女人在一生中像自己一样，做一天“娘娘”，在男人面前提高地位。于是，她决定先从做官人家做起。一次，她得知有个大臣的女儿要出嫁了，就特意叫裁缝师傅仿照正宫娘娘用的做一套凤冠霞帔，赏赐给那个大臣的女儿，叫她在结婚时穿戴，称为“新娘娘。”

当时，除了则天皇帝之外，就数新娘娘最大，谁也不敢欺侮她，反而要有许多人去服侍她。这是女人一生中最荣耀的一天，也是地位最高的一天。

以后，此俗逐步传到了民间，老百姓的姑娘出嫁，也都穿凤冠霞帔了。在女人的一生中只有这一次可以穿“官服”，表示“婚姻大事”十分隆重。武则天死后，虽然有些人竭力反对这一做法，但凤冠霞帔已经流传到民间，深得人心，禁也禁不住，一直流传下来了。

（口述者：潘宗宗，男，54岁，当过吹鼓手；采录者：潘君明、李炎明；1990年初采录于常熟市珍门镇）

结婚为啥要送喜果

现今，每当男女结婚，总是要向亲戚、朋友、邻居赠送喜糖。可是，以前不是送喜糖，而是赠送桂圆、莲心、枣子、松子、西瓜子以及花生、蚕豆、毛豆荚、橘子、甘蔗、胡桃、红蛋等，俗称“喜果”。这一习俗，在江南一带流传已久。那么，结婚为啥要赠送喜果呢？民间有这样一段传说。

三国时，蜀主刘备到东吴招亲。这是东吴都督周瑜用的“美人计”，其目的是将刘备诱骗到东吴当作人质，逼使刘备交还荆州。不料，这条计策早被军师诸葛亮识破，诸葛亮将计就计，其中一计，就是“送喜果”。

原来，刘备去东吴时，曾经得到诸葛亮的“锦囊妙计”，其中一条说：此行必须带上大量干果炒货，一到东吴，就先拜访阁老乔玄，说是按皇室礼仪，特登门“送喜果”；然后，不分宫廷内外，不分官吏大小，遇者就送，其气氛越热闹越好。于是，被分送到喜果的人都因此而感到自豪；未送到的人，就纷纷到刘备住的地方去讨喜果。刘备来者不拒，一一照送。一般的来客，都由手下人分送，如果头面人物上门，刘备就亲自分送。这样一来，便大造了招亲舆论。

东吴本来没有送喜果的风俗习惯，眼下出现刘备招亲“送喜果”，人人都觉得新鲜，因此便一传十，十传百，弄得家家户户都知道：东吴公主孙尚香与皇叔刘备拜堂成亲哉。

周瑜在甘露寺内以相亲为名，暗中埋下伏兵，意图谋害刘备。谁知东吴大小官员吃了刘备的喜果以后，对刘备非常有好感，尤其是乔玄，在吴国太面前帮刘备说了许多好话。吴国太见刘备仪表堂堂，举止大方，还生有一般人所没有的异相：两耳垂肩，双手过膝，走路龙行虎步，大有帝王气质。吴国太越看越喜欢，就毅然让女儿与刘备当夜成亲。结果，美人计弄假成真，刘备得到了一个年轻漂亮的好夫人，欢欢喜喜地回到荆州；周瑜却落得个“赔了夫人又折兵”的结局。

从此，江南地方增添了一个婚俗习惯：为了象征新婚夫妇“龙凤呈祥”，一定要在结婚时分送喜果。

（口述者：胡春祥，男，采录时93岁；采录者：毛林浓）

棺材上为啥要铺红毡毯

旧时，苏南地区人死了出丧，在棺材上面要铺上红毡毯。这是为什么呢？

传说顾鼎臣的父亲有两个老婆，他是小老婆生的。有一年，顾鼎臣的娘不幸病故，他回家奔丧，就在出丧的时候，麻烦事情发生了。棺材抬到门口时，正门早已关上，只能从边门出去。娘舅正坐在门口，顾鼎臣就去问娘舅：“为啥要把正门关掉？我娘出丧，为啥走边门？”娘舅道：“你娘是你父亲的偏房，只能出边门走；现在你大娘还在，她是你父亲的正房，将来正房过世，才能出正门。”顾鼎臣一听，气得七窍生烟，便说道：“我是朝廷大臣，娘死了出边门，叫我今后如何做人？”娘舅道：“这是自古以来的规矩，就是皇家出丧，也是这样呢。”

顾鼎臣讲不过娘舅，便气呼呼地问：“那么，将来我死了，也要出边门吗？”娘舅道：“顾家就你一个儿子，当然出正门。”

顾鼎臣想：既然这样，我何不代母出丧，看你娘舅怎么办？于是，顾鼎臣爬上母亲的棺材，在棺材盖上躺得四肢笔直，装死。娘舅一见这个样子，知道外甥发憨，事情要弄僵了，就想了一个办法，马上叫人在外甥身上盖上一条红毡毯，把棺材从正门扛了出去。

自此以后，凡是人家出丧，为避免出正门、出边门之争，就在棺材盖上铺上一条红毡毯。

（口述者：戴炳兴，男，71岁，做过私塾老师；采录者：潘君明；1982年8月6日采录于昆山茜墩俱乐部）

焚化纸锭的来历

据说在明朝以前，祭祀死人是没有用纸锭的风俗的。当初辰光，家家有个放祖先牌位的“家堂”，百姓把一年四季省下来的铜钿打成金元宝、银丝锭，贮藏在“家堂”里，供奉祖先。

朱元璋打到苏州后，缺少军饷，晓得苏州人家“家堂”里有金元宝和银丝锭藏着，就派人去征收。征收过后，把家家户户的姓名、金额都记在账簿上。朱元璋说：“等我得了天下，一定按户归还。”

后来朱元璋得了天下，哪能肯真的还金元宝、银丝锭呢！俚跟刘伯温商量，姑且拿纸头做仔点金元宝、银丝锭按户归还，挂在人家“家堂”里。百姓无可奈何，又不敢去和皇帝讨债，只好拿纸做的金元宝和银丝锭点一把火化掉，算是祭祀祖宗。以后相沿下来，就用焚化纸锭来祭祀祖宗了。

（口述者：金海林；采录者：韩德珠；1963年5月采录于苏州）

民间信仰传说

民间信仰不同于宗教迷信。原始的宗教信仰和封建社会以来的宗教信仰也有区别。民间信仰大多来源于自然崇拜和动物崇拜。中国的道教是中国固有的宗教，它的教祖老子，是先秦时的哲学家和道德家。道教始于东汉，道教信仰来源于古代的神仙信仰和方士之术。道家思想流入民间，已有很长的历史了。苏州是道教盛行之地，位于城中心的玄妙观就是吴地道教的中心。苏州过去的道观很多，有“三宫六观十八坊”之说，其中六观即指天庆观(玄妙观)、澄虚观、三茅观、白鹤观、清真观、福济观。福济观即苏州人通称的“神仙庙”。说起这座庙，人们就会想起每年农历四月十四的“轧神仙”庙会，那是在吴中具有很大影响的民俗活动，传承了几百年，至今不衰。

轧神仙

每年春夏之交的阴历四月十四，传说是八仙之一吕纯阳的生日，所以各路“神仙”都要到苏州阊门附近的“福济观”（俗称神仙庙）来给吕祖做寿，并有盛大的庙会。是日这里人轧人，热闹非凡，因此取名“轧神仙”。

20世纪60年代初期，“轧神仙”还很盛行。每逢节日，接驾桥、阊门马路两旁摆满了花草树苗和色彩斑斓的泥玩具，人流拥挤，万头攒动，拥向彩虹桥下塘的神仙庙，请香、敬香，虔诚膜拜。吕祖殿内有三座神像，正中是吕纯阳，两边是白大仙和柳大仙，神像前的殿梁上有一块很大的匾额，镌有四个大字：“黄粱一梦”，并记载着八仙之一吕纯阳的生平：“吕祖字洞宾，号纯阳，唐朝河中府永乐县人士，贞元十四年四月十四日诞生……”匾上的文字说他“两举进士不第，授江州清化令”，因为多次赶考落榜，终于看破红尘，到处云游。在“庐山遇火龙真人，传天遁剑法，年六十四岁于长安酒肆得见钟离云房祖师……”从此“成仙得道”，被道教尊为“正一”“净明”等派的祖师。这座神仙庙建于南宋淳熙年间，到如今已有八百多年历史，历代都重修过，现在还保存着康熙年间重修后的遗迹。正殿的抱柱上有一副对联，上联是：“葫芦藏妙药众姓感神恩”，下联是：“剑拂起沉疴苍生沾浩津”。左右侧殿，各摆着六位历代名医的牌位，称某某“天医星”，侧殿也有对联，有一副是：“天上辰星闪烁，人间疾苦消除”。过去苏州的中医把吕纯阳奉为祖师爷，著名的苏州老中医每逢

扎神仙

“轧神仙”时都要赶来烧头香。神仙庙又是一座“神医院”，过去老百姓缺医少药，没钱请医生治病，便到神仙庙来求签。那时，山门上还残留有“清泰”“安宁”的字样，这是道教所追求的境界，但阊门内大街上却是人山人海，一个盛大的庙会展现在眼前。据说，此日吕纯阳要化身平民，到人间点化世人，人们轧来轧去，为的是轧到“仙气”，消灾除病，益寿延年。20 世纪 60 年代国家正处于困难时期，但苏州人民却依然按照自己的传统风俗习惯寻找太平盛世的欢乐，人们渴望国泰民安的心情和当时环境也比较吻合。党和政府尊重当地的民俗，派出不少干警维持秩序，老百姓比较满意。特别是农民和城市贫民，在一年一度的轧神仙庙会上，做做小生意也是一条生活出路。吕祖殿虽已荡然无存，但“轧神仙”的习俗却流传至今。

民间信仰传说里的神，皆极富人情味甚至市井味、乡土味，他们既是老百姓的理想和愿望的化身，也是老百姓自己的性格投影。

陆稿荐的传说

苏州临顿路上，过去有一家熟肉店，本来是家夫妻店，老板姓陆。店里平日冷冷清清，吃啥生意，穷得饭也吃不上。有一年，阴历四月十四日，陆老板清早起来，打开店门，看到一个老叫花子躺在一条稿荐（草席）上，看样子快要冻饿死了。陆老板看俚十分苦恼，便把老叫花子扶到灶间去，让俚躺在灶门口。老板娘见丈夫一早就把一个老叫花子接进门，嘴里唠唠叨叨地说：“屋里柴也呒不，生意也做勿成，还要请位老神仙进门，叫我拿什么上供?”一边说一边盛碗热粥汤给老叫花吃。老叫花也不客气，吃了粥汤站起来就走出门去了。

这天，陆老板出门买柴，走过一家药材店，看见门外晒仔勿少药材，一阵阵香气扑鼻。俚走上去打听：“这是晒的啥物事？”店伙计回答说：“香料！”俚灵机一动，走进药材店，把身上带的铜钿全买了香料，一根柴也没买，便回转来了。

老板娘正在灶下等柴烧肉，老板转来把一包香料倒进锅里。呒不柴哪能办呢？只好把屋里的破台子、三脚凳劈仔当柴烧，烧仔半日火还是引不起来，真急煞人！陆老板忽然看见壁旮旯里丢着一条破稿荐，顺手用火铗夹起这条破稿荐，丢到灶膛里引火。

火引着后，这锅肉的香味出来哉，真是香得不得了！满屋满店香，满街上人全闻到了香味，引来勿勿少少人，大家都挤到店里来张望。平日和老板熟识的老乡邻便问俚：“今朝你烧的肉为啥这样香？”陆老板笑了一笑，话还没讲出口，老板娘劳累半日，闻到肉香也蛮开心，举起手里的火铗，指着上面的半缕破稿荐，半开玩笑地向乡邻讲：“借仔神火哉！”陆老板也接上去讲：“对哉！对哉！就是烧了这条破稿荐的缘故。”陆老板想起肉店门口那个老叫花子，这条破稿荐不就是俚留下来的吗？莫非俚就是神仙？这桩事体议论开哉，大家七嘴八舌，有人计算一下日脚，这天正好是四月十四“轧神仙”的日脚，都说老叫花一定是吕纯阳的化身。也有人不相信，争得面红脖子粗也辩不清爽。人群里有个穷书生，听见大家争来争去一呒结果，肉店里的香气倒馋得俚肠胃里的酸水也要吊出来哉！俚一面咽涎水，一面慢条斯理地向陆老板娘打破砂锅问到底：

“困勒唔笃店门前的叫花子，啥个样子阿记得哉？”

陆老板想了想讲：“啊哟，这倒勿曾留心，只记得这个叫花子一直拿两只破钵头，口对口放在头下当枕头。”

“两只破钵头，口对口？这倒像个迭口吕的吕字哇！”书生摇头晃脑地又问老板娘：“阿记得叫花子身上着啥衣裳？”

“衣裳着得破勿过，腰里扎一条破草绳……”

“破草绳？纯（吴语“绳”“纯”同音）？勿错！勿错！脚底下着啥格鞋子？”

“一双破鞋子，破是破得来，后跟全烊脱哉……”

“烊？阳！真是无巧不成书，三个字连起来，恰好是吕——纯——阳！”书生鼻孔扇仔扇，望着热气腾腾冒着香味的肉锅呆脱哉！

大家一看穷书生望着肉锅两眼发直，样子怪吓人，问俚在想啥事体？俚咽下一口涎水，神气活现地讲：“神仙来过哉，吕纯阳！就是吕洞宾！——吕大仙人到过这里，那条破稿荐就是俚的遗物，肉店里得仔仙气，哪能不会发出异香？”

那么好！本来不相信的人也半信半疑哉，陆老板自家也弄糊涂哉。老板娘连忙跪在地上，磕头如捣蒜，向神仙请罪。大家听说吕纯阳来过了，都想尝尝仙味，一锅肉一抢而光！从此，这家熟肉店的生意一天天好起来，陆老板赚仔勿少铜钿。后来在观前街开仔一爿大酱肉店，挂起金字招牌，就叫“陆稿荐”。

由于苏州的“陆稿荐”做出了名，所以全国各地方都有了“陆稿荐”。

（口述者：吴秉钧等；采录者：金煦、范佐寅）

吕纯阳卖汤团

苏州城里下塘河，过去有座桥叫彩虹桥，吕纯阳经常到这里来点化世人。

有一日，吕纯阳变仔个佬佬，在彩虹桥桥面上卖汤团，口里喊：“三个铜钿买一个小汤团。一个铜钿买三个大汤团。”不一会，来仔不少买主，全要买大汤团，佬佬问买主：“买给啥人吃？”问来问去只有爷娘买给伲子囡囡吃，呒不伲子囡囡买给爷娘吃，俚气伤哉，卖到天黑，大汤团全卖光，小汤团呒不人买。俚把小汤团往河里一倒，河边一棵杨柳树用柳枝接住哉，吃到肚里，变成了仙人，就是吕纯阳后来的弟子柳大仙。原来小汤团是吕纯阳炼的金丹，里面有人的精气神，所以杨柳树吃仔也能成仙。

（口述者：吴秉钧，男，46岁，道教徒，家住神仙庙附近，原第五人民医院职工；1962年7月5日采录于苏州城内下塘神仙庙）

拾 菱 壳

记勿得是神仙庙那一代格祖师哉，有一日俚到外面做法事转来，在山门口看见一个叫化子困啦地上，身边放着一堆水红菱，一面吃一面招呼老法师：“老人家转来哉！”老法师应仔一声，毫不介意。刚要往里走，叫化子伸出一只龌里龌龊的手，拿仔一只鲜红白嫩的水红菱，对老法师说：“吃一只水红菱吧！”老法师嫌弃地说：“勿吃，勿吃!”便走进去哉。

走到里面俚忽然灵机一动，勿对！勿对！刚到四月里，哪能会有水红菱呢？连忙跑出去一看，叫花子勿见哉！只见地上留下几个菱壳。老法师叹了一口气又走进去哉。

走到大殿门口，俚又是灵机一动：“假使真是仙人，拾到几个菱壳也好啊!”俚急忙别转身，到山门去寻，哪晓得连菱壳也勿见哉！

（口述者：吴秉钧；1963 年采录于苏州神仙庙）

上面三则传说，都与吕纯阳有关，都表现着民间信仰对象（吕纯阳）的“神格”，这种“神格”实质上是高于凡夫俗子（包括《拾菱壳》中那位老道士）的一种“人格”。所以，这种民间信仰传说，包含着人民提升自己精神境界的愿望。自古以来，中国人善于造神，在古代只要有人为人民做了好事，人民就要纪念他，为他造生祠，把他当作“神”来虔诚膜拜，“人”与“神”的关系是亲近的。这种亲近感在后来的宗教信仰里被淡化、甚至消失了，但在民间传说和民间信仰习俗中却一直存在。苏州民间信仰的一大“热门”，就是吕祖崇拜。当时轧神仙的，大多数是小生产者和小市民，他们在水深火热的痛苦生活中苦中作乐。乞丐、妓女和失业人群浪迹街头，他们相信神能主宰人的命运，希冀轧到神仙，借到“仙气”，以能时来运转，改变自己的命运。在他们看来，既然神仙可以化身为平民，那么每一个平民也都可能是神仙的化身。人们在这里轧来轧去，欢声笑语，喜笑颜开，把什么烦恼都暂时忘记了。这是充满聪明智慧的人民所创造的一个欢快的节日。如果说民间信仰传说中的吕祖事迹折射着人民提升精神境界的愿望，那么“轧神仙”式的狂欢则反映着人们对世俗生活的一种憧憬，当时的人们需要这种“兴奋剂”，现代人又何尝不需要这样的狂欢式的“解脱”呢？破解民间信仰习俗及其相关传说里所蕴涵着的人文精神，其现实意义也许就在于此吧。

◎ 附　录 ◎

我的民间文学生涯

我选择了民间文学

小时候，听妈妈讲大灰狼和小白兔的故事，“小兔儿乖乖，把门儿开开!”，“不开不开不能开，妈妈不回来，谁也不能开!”边说边唱，听得可入迷啦。

少年时期，最爱读的书是《天方夜谭》，一千零一夜里，讲了那么多惊心动魄的故事；最难忘的是“阿里巴巴与四十大盗”“芝麻开门”，门里有那么多的宝贝！真诱人。

长大了以后怎么也没想到，自己和民间文学结下了不解之缘，以至它成了我的终身职业。本来，我的理想是要成为一名艺术家、画家或者是作家。读美术系时，我暗地里想写小说。后来参加革命工作，做的是群众文化工作，比较接近民间文学。那时候，党叫干啥就干啥，我决心把群众文化工作当作一番事业来干！眼见得许多年轻的业余文艺积极分子，在我们辅导和培养下，后来成了画家、作家和其他什么家，而我还是心安理得地做一个群众文化工作者，宁愿当一名“万金油”式的干部。说真的，我对群众文化工作已经有了感情，特别是对民间文学工作已经产生了极大兴趣。

20 世纪 60 年代初期，在总结 1958 年“大跃进”经验教训的基础上，周恩来总理针对传统戏和现代戏的关系问题，提出了“两条腿走路”的方针。在文化工作方面，抢救文化遗产也摆上了工作日程。那时候我还年轻，在苏州市文化局当群众文化科科长，兼文联副秘书长。文联和文化局是两块牌子一个机构，文联专职干部只有半个，那就是我。我先是对 1958 年出现的新民歌很感兴趣，曾经编写了一本《苏州市大跃进民歌选　1958—1960》，这是我走上民间文学道路的处女作。后来就到处采集传说故事，经常在报刊上发表民间文学作品，编出了好几本民间故事集。在历届文代会上，我曾当选为文联委员、市民间文艺家协会理事长，终于完全走上了民间文学道路，和其他同志一起成了苏州民间文学工作的奠基人。

民间文学选择了我

1961 年，江苏省文学艺术界联合会（简称文联）刚成立不久，中国民间文学研究会江苏分会（现江苏省民间文艺家协会）到苏州来搞民间文学普查采风试点，从调查太平天国的传说故事入手，全面收集民间文学资料。我有幸参与了此事。当时正值国家经济困难时期，虽然肚子吃不饱，但大家的工作热情依然很高，对文化工作的事业心一点也没有减退。有了这样一个机会，我一头扎进民间文学工作中，立即招兵买马，组织了一支民间文学队伍，成立了民间文学研究小组，当时只有 7 个人，加上中国民间文学研究会江苏分会指导工作的 3 位同志，一共 10 个人，就把工作轰轰烈烈地开展起来了。

省里来的领队，是中国民间文学研究会江苏分会周正良同志。这位长者为人诚恳谦逊，工作循循善诱，方针和方法都交代得很清楚，使你在不知不觉中，对民间文学工作产生热爱，从而有了一种强烈的事业心和工作责任感，这对我的影响很大。另两位成员一位是中国民间文学研究会江苏分会主席华士明，另一位是副主席欧扬。他们也是我走上民间文学之路的引路人。

苏州民间文艺研究小组成立时的 7 个人中，有 4 位当时是失学青年。苏州市民间文艺队伍后来蓬勃发展，20 世纪 60 年代，苏州民间文艺家协会已拥有 100 多个会员，是全省中会员最多的。

1961 年夏到 1962 年秋，是令人难忘的一年。我们跑遍了苏州的大街小巷，查访会讲民间传说故事的老人。最后，我们找到苏州社会福利院，那里老人集中，有的老人跨越了整个世纪，生活阅历非常丰富，口头表达能力也很强。在他们孤寂的晚年，追忆往事也是一种乐趣。例如，“长毛”（清代统治阶级对太平天国军队的贬称，苏州老百姓也习惯如此称呼）打进苏州的传说故事，事情发生在 100 多年前，七八十岁的老人也是从他们上一代人口中听来的，有的仅是只言片语，有的比较成型。对此，我们都认真忠实地记录下来了。忠实记录，是民间文学工作最基本的原则，科学地记录第一手资料，是民间文学的工作基础。我们每一个参加这项工作的同志，接受的第一课，就是要“忠实记录”。记录的时间、地点，口述者的姓名、年龄、职业，记录者的名字，都一一详细记录，做得很认真。省里来的同志和我们一起采录，并示范给我们看。口述者常常是想起一点说一点，越讲越丰富。每一次讲的都不尽一样，也难免会重复，我们便不厌其烦地反复记录，为下一步的整理工作积累丰富的材料。我们所能给予老人的报酬也不过是一支香烟、一块糕饼之类，而老人们提供的材料却很有价值。事后，我们编了《民间文学记录稿初编》，第 1 集就是太平天国传说故事，由于记录忠实可靠，有研究价值，受到专家学者的称赞。小试锋芒，收获甚丰，大大鼓舞了士气。遵循“全面收集”方针，我们同时记录下了老人给我们讲述的许多地方风物传说和历史人物传说故事，紧接着又编印了第 2 集《苏州风物传说资料》和第 3 集《苏州历史人物传说资料》。此外，还编印了《丝织业的传说》（杨彦衡）、《闲言漫语话苏州》（董浩）、《太湖游击队》（1~4 集，袁震）等许多资料。

20 世纪 60 年代初，为了普及民间文艺，我们在位于市中心小公园文化广场的群众艺术馆门前创办了文艺画廊《百花园》，这一街头文艺形式，受到市民的普遍欢迎。特别是民间文学、民间美术、科普文艺，拥有大量读者，每次换版，窗口都挤满了人。

这些活动不仅推动了民间文学的繁荣，而且使我感到生活充实，特别是领悟到物质贫乏时，精神不一定贫乏。只要我们忠实于一种事业，有了敬业精神，物质上暂时的困难是可以克服的。

劫后余生再创新绩

世事的变化真是让人难以预料。

1963 年，阶级斗争的弦越绷越紧，文艺界批判“全民文艺论”“无害文艺”，民间文学竟也遭殃，小小的文艺园地经不住风雨摧残，

《百花园》终于被迫停刊。本来我们编印的《民间文学记录稿初编》等都是内部资料，供整理和研究用的，没有向外发行，每一种也不过印 500 本，现在却因处于特殊时期，要一律被销毁！然而，没有想到的是，有的早已流传到社会上去了。这些劫后余生的资料就成了在 20 世纪 80 年代出版的《苏州的传说》等十余种民间文学书籍的基础。

党的十一届三中全会以后，拨乱反正，提出了“解放思想，实事求是”的总路线。1979 年，苏州市文联正式成立了“民间文艺工作者协会”，工作有了一个新的开始。当上海文艺出版社的同志第一次敲开我的家门，向我约稿编写《苏州的传说》时，我心中止不住有些惊喜，就好像田里的庄稼，经过风雨冰雹的袭击，居然还能成活并有所收获一样。这本书的出版像打开了闸门，以后，《太湖传说故事》《姑苏民间传说》等一本又一本出现在书店的柜台上，苏州民间文学的整理工作取得了令人瞩目的成绩。从 20 世纪 70 年代末到 20 世纪 80 年代初，我们在吴江发掘出长篇叙事吴歌《五姑娘》，引起全省乃至全国的注目，研究工作也紧紧跟上来：江苏、浙江、上海两省一市吴语地区加强协作，每隔两年开一次学术讨论会，培养出了一支理论队伍。

文学是语言的艺术。民间文学是口头文学，没有生动的群众语言，不能体现民间文学的特色，这一点是大家所公认的。但从口头到书面，常常会失掉口头文学的本色，特别是怎样对待方言，成为一个十分棘手的问题，民间文学没有了地方语言特色，不能被认定为精品。可惜这一点我们做得很不够，即使是记录资料，也常常记录不下口述者原始形态的语言，书面语缺少个性，这样在整理时往往就捉襟见肘。1992 年，我应苏州大学邀请，为中文系开办的宣传文化班讲了两学期“民间文学概论”，许多大学生从来没有接触过民间文学，他们感到很新鲜，我带学生一起下里弄，到乡村，去虎丘、周庄等地进行实地采风，通过作业锻炼他们驾驭民间语言的能力。这些同学毕业后大多被分配到全省各地宣传、文化、新闻工作岗位上，有的同学还给我写来热情洋溢的信，表达了他们回到家乡仍不忘记民间文学、很想开发自己家乡的民间文学宝库的愿望。我期望能在他们中间出现民间文学整理研究的新一代接班人。

万里长城一块砖

1984 年 5 月，文化部（现文化和旅游部）、国家民族事务委员会、中国民间文艺研究会（现中国民间文艺家协会）联合发出了关于编辑出版《中国民间故事集成》《中国歌谣集成》《中国谚语集成》的通知，作为国家艺术科研重点项目，各省的卷本即是国家卷。各省又纷纷下达文件，要求各地组成编委会，建立集成办公室，开展普查采风，编纂县、市的集成卷本。这时候，我已被调到苏州民俗博物馆当馆长，但还身兼市民间文艺工作者协会（现苏州市民间文艺家协会）理事长之职。文联、文化局的领导也很信任我，把编纂集成的任务交给了我。我深感自己责任重大，曾经写过一篇题为《万里长城一块砖》的短文，表达我要为这项巨大工程献力的决心，并呼吁社会支持。但当时一没有落实经费，二没有专业人员，两手空空一无所有，工作难度很大，因而长期上不了马。直到 1987 年，文化局副局长陆凯同志在省里立下“军令状”，才由市民间文艺工作者协会的常务理事组成一个编委会，人员全部是业余的。市财政局后来也拨了有限的经费，给予支持。最难的是要动员各县、市自筹经费搞普查编纂工作，但这项工作却又是非做不可的。我们多年从事民间文学工作，有一种使命感，抢救民间文化遗产已是刻不容缓的事！于是我跟着分管的文化局长跑遍了各个县、市，一个个做说服工作。太仓的文化局局长刘远，是位个性很强的女同志，开始她摆出各种困难，表示无法接受这项任务。经过劝说，她终于表了态：要以共产党员的党性来保证，坚决完成任务，因为她已经认识到，这是一件有利于子孙后代的大好事。后来太仓经过努力，终于完成了集成卷本，由于经费拮据，文化馆的同志把几十万字的资料，硬是一笔一画刻成蜡纸油印出来，感动了所有的同行。想不到不久以后，传来刘远同志积劳成疾突然逝世的消息，我真为她的英年早逝感到悲痛，让我们永远怀念她。另一件叫我难忘的事，是到吴江去搞试点。吴江是有丰厚文学底蕴的，历史上出过许多文化名人。就在柳亚子的故乡芦墟一带，我们曾挖掘出许多长篇叙事吴歌；那里的老歌手，如唱《五姑娘》的陆阿妹，唱《鲍六姐》的蒋连生，全都堪称“国宝”。老一辈的民间文艺家魏海平同志长期落户在吴江，文化馆还有一位徐文初同志，他身体不太好，但酷爱写作，对民间文学格外感兴趣，我们曾选举他为苏州民间文艺工作者协会副理事长，在工作中彼此信任。因此，吴江的民间文学工作基础比较好。更为难得的是文化局局长刘强民，他是一位年富力强很有朝气的领导干部，他对我们在吴江搞集成试点的工作，给予热情有力的支持。他召集起全县 24 个乡的文化站长，办训练班，亲自动员，叫我讲课，把普查工作的方针、意义，“科学性、全面性、代表性”的编选原则，都宣讲明白。我带领民俗博物馆的几位同志深入到震泽乡，协助当地文化站搞普查采风，仅用一个星期，就采集到大量的民间文学资料。震泽与费孝通先生作社会调查的开弦弓村近在咫尺，是有名的古镇之一，盛产蚕桑。在那里我们记录到祭祀蚕神马明皇的念佛句，还有《呆大娘娘养蚕》等许多优美的民间故事。县里又及时推广震泽的采风经验，24 个乡全都行动起来，后来都编印了乡卷本。在此基础上，由徐文初同志主编的《中国民间文学集成 · 吴江卷》问世了。

吴江的经验得到领导的充分肯定，其他各县、市也很快行动起来，终于在 20 世纪 80 年代末全面完成了各县、市的集成资料本。这次汇编的集成资料达 600 多万字，在此基础上编纂出苏州市卷本，故事卷共 60 余万字，由中国民间文艺出版社公开出版，书名是《苏州民间故事》。为了奖励这项工作的卓越贡献，苏州市政府于 1993 年授予“苏州民间文学集成”（包括《苏州民间故事》《苏州歌谣谚语》）最高文艺奖。

百尺竿头从这里攀登

如今在改革开放的大潮中，国家建设蒸蒸日上，人们的物质生活和精神生活皆今非昔比。文化工作要赶上时代的浪潮，还有许许多多的事情要做，百尺竿头从何处起步？我认为非常重要的，就是要在继承与发展的环节上多做一些事情。文化有天然的继承性，每一代人在文化上都要承上启下，为其发展作出自己的贡献。过去民间口头文学一向得不到重视，人民只能用口传的办法，一代又一代传承下去，许多古老而优秀的民间传说故事因此还能保存下来。但是也应看到，不知多少充满智慧、富有才华的口头文学家被埋没了。采风中常常碰到这种情况：“某某人最会讲故事，他已经死了。”他带走的不是一条平凡的生命，而可能是一座民间文学的宝库。因此，我们要及时抢救民间文学遗产，集成工作的伟大意义也在于此。民间文学资料的保存，也许将会对今后苏州创造出伟大的文学艺术作品，起到可贵的借鉴作用，并为新文学的发展奠定坚实的基础。历史证明，优秀的民间文学作品具有永久的魅力，新的民间文学还会不断地产生，它是文学的源头，将永远地滋润着我们文艺的百花园地。我们在民间文学搜集整理工作中接触过无数朴实的劳动者，听到过成千上万个动人的传说故事，我要把这些传说故事加上我的解说送回民间，传给广大人民。请原谅我在讲述这些传说故事之前，说了这么多与传说故事本身不相干的话，这是我的职业习惯，总喜欢把事情的来龙去脉讲清楚，这对我的同行以及将要从事这项工作的后来人，应当会有些帮助和启发；同时，这也是为了向读者表达我的一片心意。

金　煦

2000 年 2 月

后记一

在迎接2000年的大喜日子里，我终于完成了这本书稿，心中有说不出的高兴。由于自己的理论水平有限，不可能写得十分令人满意，如果有人能把它看作是一本资料比较充实的书，我已经很知足了。我想，在完成了民间文学集成工作以后，理论研究工作总应该跟上去。我大半生在民间文学领域耕耘积累，晚年应该是“开花结果”的时候。这里采用的民间文学作品，是我们多年来搜集整理的比较精彩的一部分，而且大多数是从我亲手编纂过的民间文学集成资料中摘取的。我比较熟悉这些作品，它们来自民间，对后人的研究工作也许会有用处。但从口头文学到书面文字，总会起一定变化，特别是语言表达上难以规范，整理者也各有风格，整理的水平也有高低，我只是从内容选择作品，尽量保持原样。在编写这本书的过程中，我完全沉浸在对往事的回忆中，一面写，一面勾起无限的思念，讲述者以及和我一起经历采风工作的同志，都浮现在我眼前，他们好像都在鞭策着我，鼓励着我，而我也确实应该感谢他们，因为这里有我们共同劳动的汗水，也包含着我们共同的期望：在迎接新世纪的曙光时，让民间文学发扬光大，让苏州的文化艺术更加繁荣，让祖国的文化屹立于世界文化之林!

再一次感谢所有支持我和为我们创造机遇的人，感谢为我提供资料的同志，没有这些条件，这本书是难以问世的。特别是兢兢业业为本书绘制精美插图的陆志明先生，他冒着暑热，忍受着病痛，一丝不苟地绘画，使本书得以图文并茂，真是感激不尽。最后，希望这书能在专家学者以及广大读者中引起反响，并恳切欢迎对本书提出批评指正。

金 煦

2000 年 2 月

后记二

金煦先生所著的《苏州传说》是苏州大学出版社出版的“苏州文化丛书”中的一种，自2000年第1版至2022年已经历6次印刷，发行量达22 000册。当初作者在“后记一”首句写道：“在迎接2000年的大喜日子里，我终于完成了这本书稿，心中有说不出的高兴。”现今再版，想是先生在天之灵，当亦是“有说不出的高兴”吧。

金煦（1927年10月—2005年1月），北京人，满族，民间文艺家、民俗专家，历任苏州市文化局文化科长、剧目工作室主任，市文联副秘书长等职。1986年，他创办苏州民俗博物馆，任馆长直到1993年正式退休。

20世纪60年代初期，江苏省民间文艺研究会在苏州搞采风试点，时任苏州市文化局文化科长兼文联副秘书长的金煦先生义不容辞，担当起苏州市民间文学研究小组组长、采风队队长的重任。他和同事几乎踏遍了苏州城乡的每个角落，不到一年，采录收集到大量有关苏州的民间传说、故事以及谚语、歌谣。在此基础上，金煦先生主持选录150余篇，辑有《苏州风物传说资料》《苏州历史人物资料》《太平天国传说资料》3集，汇成《民间文学记录稿初编》，取得了引人注目的成绩。

1984 年，中华人民共和国文化部、国家民族事务委员会，中国民间文艺研究会联合组织编辑“三套集成”（《中国民间故事集成》《中国歌谣集成》《中国谚语集成》）。经苏州市委宣传部、市文化局、市文联部署，此项“文化工程”由金煦先生担纲。他再次组织开展了各县（市）民间文学的普查采风活动，此工作历时七八年之久。据不完全统计，参与此次民间文学的普查采风的达 13 000 余人，收集资料有 600 余万字之多。金煦先生主编的《苏州民间故事》《苏州歌谣谚语》由中国民间文艺出版社出版，1993 年度获苏州市人民政府颁发的“文学艺术奖”。

《苏州传说》为金煦先生晚年所著，分神话传说、风物传说、人物传说、民间工艺传说、民俗传说 5 个部分，共 83 篇。作者在后记中写道：“这里采用的民间文学作品，是我们多年来搜集整理的比较精彩的一部分，而且大多数是从我亲手编纂过的民间文学集成资料中摘取的。我比较熟悉这些作品，它们来自民间，对后人的研究工作也许会有用处。”“如果有人能把它看作是一本资料比较充实的书，我已经很知足了。”而《苏州传说》的一版再版，充分说明了这样一个事实——金煦先生所记录的这些传说故事，不仅仅是做研究的资料，而且是有源头的一泓清水，深受广大人民群众的欢迎，是苏州的一张名片。这些传说故事，一代一代娓娓道来，生生不息。

《苏州传说》插图为陆志明先生所绘。陆志明先生是金煦先生的亲家。

陆志明（1934 年 9 月—2021 年 2 月），苏州吴中区蠡墅人，职业画家。

陆志明先生在“大跃进”“文革”时期，靠绘画养家糊口。粉碎“四人帮”后，平反恢复工作。与金煦先生合作，除《苏州传说》外，另有《吴地农具》《吴歌遗产集粹》《太湖传说》等图书的插图绘画达两千余幅。耄耋之年，他创作的66幅苏州童谣画作，被苏州体育博物馆收藏，并出版《陆志明苏州童谣体育游戏画集》及音像光盘，同时，苏州环城健身步道每百米树有他的童谣画作，成为苏州环城的一道风景线。

“让民间文学发扬光大，让苏州的文化艺术更加繁荣”，这是金煦先生生前最大的愿望，《苏州传说》的再版，足可告慰金煦、陆志明这样深爱苏州这块土地的先辈！

是为再版后记。

陆霄鹤

2023年4月22日

（陆霄鹤系陆志明之子，金煦先生之婿，主任中药师）